戦国ベースボール

鉄壁の“鎖国守備”！vs 徳川将軍家‼

りょくち真太・作
トリバタケハルノブ・絵

集英社みらい文庫

桶《おけ》狭《はざ》間《ま》ファルコンズ OKEHAZAMA Falcons

5番《ばん》・セカンド
十文字槍《じゅうもんじやり》の名手《めいしゅ》
真田幸村《さなだゆきむら》
6番《ばん》・センター
伝説《でんせつ》の女地頭《おんなじとう》
井伊直虎《いいなおとら》
8番《ばん》・ショート
折《お》れないチームプレー
毛利元就《もうりもとなり》
3番《ばん》・レフト
最強《さいきょう》のかぶき者《もの》
前田慶次《まえだけいじ》
7番《ばん》・サード
すて身《み》の独眼竜《どくがんりゅう》
伊達政宗《だてまさむね》
2番《ばん》・キャッチャー
粘《ねば》りの名人《めいじん》
徳川家康《とくがわいえやす》

日光《にっこう》ショーグンズ

日光 SHOGUNS

守備《しゅび》はあまくない甘党《あまとう》
徳《とく》川《がわ》家《いえ》茂《もち》
2番《ばん》・サード
性別不明《せいべつふめい》のスラッガー
徳《とく》川《がわ》家《いえ》重《しげ》
3番《ばん》・ファースト
スピードスター
徳《とく》川《がわ》慶《よし》喜《のぶ》
5番・キャッチャー
鎖国守備《さこくしゅび》の要《かなめ》
徳《とく》川《がわ》家《いえ》光《みつ》
9番《ばん》・ショート
地味《じみ》だが堅実《けんじつ》
徳《とく》川《がわ》家《いえ》宣《のぶ》
6番《ばん》・セカンド
天使《てんし》の守備職人《しゅびしょくにん》
徳《とく》川《がわ》家《いえ》継《つぐ》
8番《ばん》・ライト
料理《りょうり》と守備《しゅび》が得意技《とくいわざ》
徳《とく》川《がわ》家《いえ》定《さだ》

戦国《せんごく》ベースボール

SENGOKU-BASEBALL

鉄《てっ》壁《ぺき》の“鎖《さ》国《こく》守《しゅ》備《び》”！vs徳《とく》川《がわ》将《しょう》軍《ぐん》家《け》!!

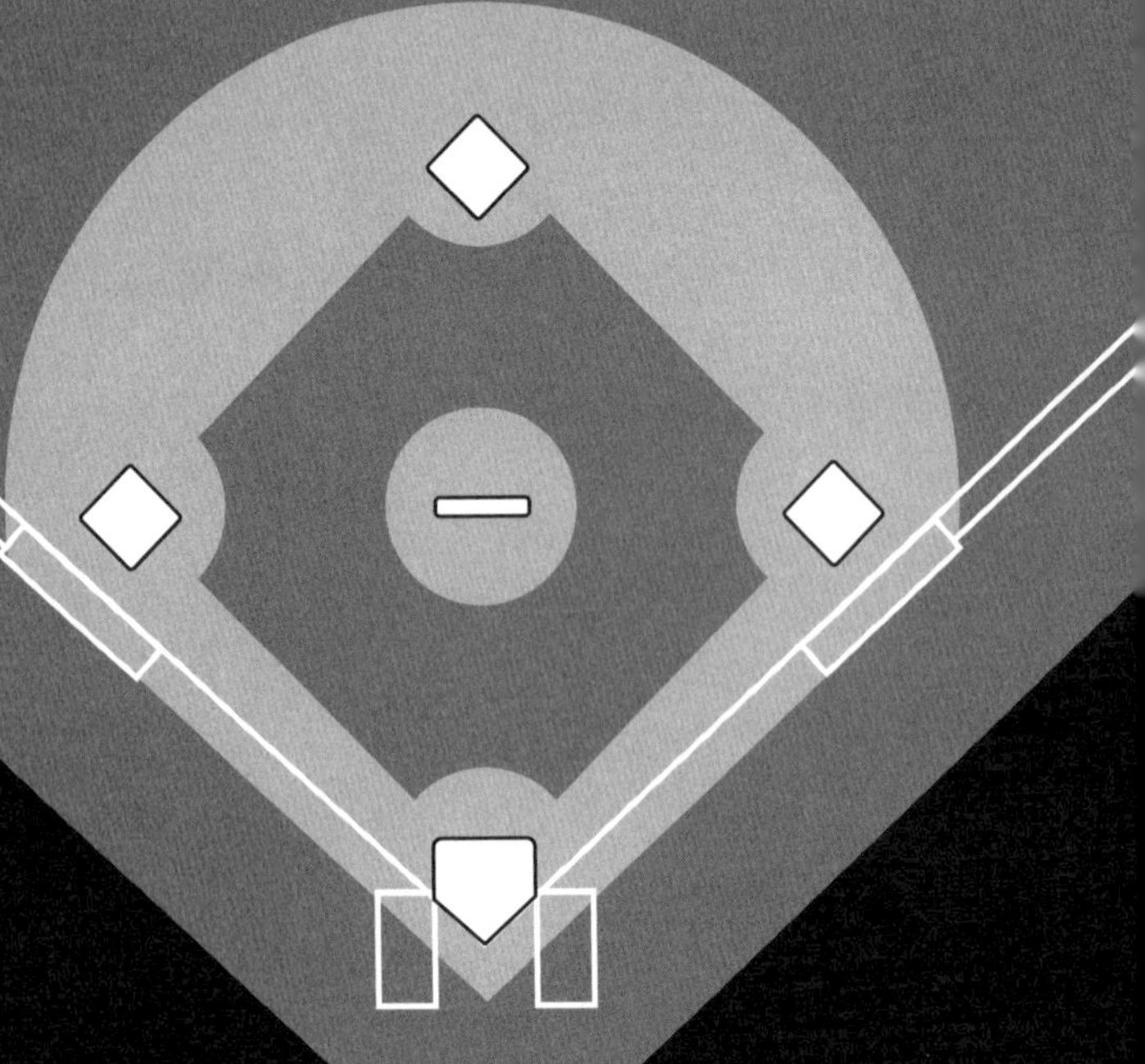

1章《しょう》　最《さい》強《きょう》!!　将《しょう》軍《ぐん》だらけの野《や》球《きゅう》チーム

地獄甲子園３回戦

戦国武将 VS 徳川将軍家

試合開始までもうしばらく
お待ちください

遠《とお》いむかし、戦国時代《せんごくじだい》。当時《とうじ》の日本《にほん》は乱《みだ》れていました。世《よ》の中《なか》を支配《しはい》していた幕府《ばくふ》の力《ちから》が弱《よわ》まっていたためです。

戦国武将《せんごくぶしょう》たちは、自分《じぶん》こそ平和《へいわ》な世《よ》をつくってみせる、と戦《いくさ》をくりかえしましたが、それはかえって民衆《みんしゅう》をくたくたにつかれさせていました。

やがて地上《ちじょう》はたくさんの犠牲《ぎせい》の上《うえ》に平定《へいてい》されますが、しかし戦国武将《せんごくぶしょう》たちは死《し》んで地獄《じごく》にいってしまっても、そこを安《やす》らぎのある場所《ばしょ》にする、といってあらそいをやめません。

でも、彼《かれ》らは現世《げんせ》で学《まな》びました。合戦《かっせん》では犠牲《ぎせい》を生《う》むだけ。

そこで戦国武将《せんごくぶしょう》たちは考《かんが》えます。せめて地獄《じごく》ではそれをなくしたい。同《おな》じ戦争《せんそう》でも、平《へい》和的《わてき》にあらそいたいと。

そして地上《ちじょう》でおこなわれている、あるスポーツを見《み》て思《おも》いつきました。これなら平和《へいわ》を乱《みだ》さずに戦《いくさ》ができて、しかもおもしろそうだ。

そうして彼《かれ》らが選《えら》んだあらそいの手段《しゅだん》が、野球《やきゅう》でした。

ここは地獄《じごく》。

見渡《みわた》す空《そら》は赤黒《あかぐろ》くて、むこうに見《み》える山《やま》は黒《くろ》くとんがっていて、あたりには聞《き》いたことのない獣《けもの》の声《こえ》が不気味《ぶきみ》にひびきわたっています。

そんな地獄《じごく》にある、とある野球場《やきゅうじょう》。

この球場《きゅうじょう》こそ、知《し》るひとぞ知《し》る『地獄《じごく》の一丁目《いっちょうめ》スタジアム』。

ここでアツい気合《きあ》いとともに練習《れんしゅう》していたのは、そこを本拠地《ほんきょち》にしている野球《やきゅう》チーム、『桶狭間《おけはざま》ファルコンズ』です。

いまはようやく練習《れんしゅう》が終《お》わって、みんなで整列《せいれつ》しているところのようですが……。


「ハゲネズミッ！」


みんなの前《まえ》にたって、大声《おおごえ》をだすのはキャプテンの織田信長《おだのぶなが》。

ハゲネズミとは豊臣秀吉《とよとみひでよし》のことで、その名前《なまえ》を口《くち》にする信長《のぶなが》の顔《かお》はド迫力《はくりょく》。

おでこの血管《けっかん》はピクピクしているし、目《め》は三角《さんかく》につりあがって、すごいことになっています。口調《くちょう》にもいかりがこもっていました。

そして名前《なまえ》を呼《よ》ばれた秀吉《ひでよし》は、もみ手《で》をしながら、ご機嫌《きげん》をとるようにヘラリとわらいます。サルそっくりの顔《かお》が、だらしなくゆるみました。

「えーっと……。……なんでございましょう、信長様《のぶながさま》」

「『なんでございましょう？』ではないっ！　今日《きょう》、貴様《きさま》、チョンマゲの代《か》わりにバナナを頭《あたま》にのっけて、それを守備《しゅび》の間《あいだ》に食《く》っておったろう！」

「ど、どうしてそれをっ」

「逆《ぎゃく》になぜバレないと思《おも》ったのだ！　くだらん食《く》い意地《いじ》でサボりおって！　よいか。バツとして貴様《きさま》だけ、これより追加《ついか》の練習《れんしゅう》メニューじゃ！　グランド１００周《しゅう》！」

「そ、そんなぁ。せっかく帰《かえ》ってオヤツのバナナを食《た》べられると……」

秀吉《ひでよし》がしょんぼりすると、

「やかましい！　それならこれをこうじゃ！」

いかりの信長《のぶなが》は秀吉《ひでよし》のチョンマゲをつかむと、そこにみじかい竿《さお》をくりつけて、たらした糸《いと》にバナナをひっかけます。

すると秀吉《ひでよし》の目《め》の前《まえ》には、ぶらんとバナナがぶらさがるかっこうになりました。

「こ、これは！」

「フン！　これでどうじゃ！　さあ、貴様《きさま》の全力《ぜんりょく》を見《み》せてみろ！」

信長《のぶなが》がいうと、バナナを前《まえ》にした秀吉《ひでよし》の目《め》は、獲物《えもの》を見《み》つけた獣《けもの》のものに変《か》わりました。

メラメラと情熱《じょうねつ》のほのおにもえ、

「うおおおお！　待《ま》てい、そこのバナナ！」

と、秀吉《ひでよし》は両手《りょうて》をのばし、けっしてつかめない目《め》の前《まえ》のバナナを追《お》いかけはじめます。

その勢《いきお》いはすさまじく、マラソンの大会《たいかい》でも優勝《ゆうしょう》できそうなほどでした。

でもそれを見《み》たファルコンズナインの表情《ひょうじょう》は、恐怖《きょうふ》でひきしまります。

あの速《はや》さで100周《しゅう》はしったら死《し》んでしまうぞ……。みんなの顔《かお》はそういっていました。

自分《じぶん》たちがもう死《し》んでいることもわすれているようです。

「のう、伊達政宗《だてまさむね》どの……。もしも練習《れんしゅう》で手《て》を抜《ぬ》いて、それが信長《のぶなが》どのにバレたら、秀吉《ひでよし》どののように、あとでなにをされるかわからないのう……」

「おっしゃるとおりだ、本多忠勝《ほんだただかつ》どの……。でもなにをされようと、戦国武将《せんごくぶしょう》のカリスマ、そして戦国最強野球選手《せんごくさいきょうやきゅうせんしゅ》の信長《のぶなが》どのにはさからえない……」

ファルコンズのメンバーたちは小声《こごえ》でヒソヒソ話《ばなし》をして、恐怖《きょうふ》でゴクリとつばを飲《の》みます。すると、

「100周《しゅう》は、ちょっときびしいのではありませんか？　信長《のぶなが》どの」

徳川家康《とくがわいえやす》が、腕《うで》をくむ信長《のぶなが》の横《よこ》にたちました。みんなの気持《きも》ちを信長《のぶなが》にいえるのは、同《おな》じ戦国武将《せんごくぶしょう》のカリスマである徳川家康《とくがわいえやす》くらいのものでした。

「……たしかにふつうであれば、少《すこ》しきびしいかもしれぬな」

信長《のぶなが》は家康《いえやす》にこたえます。でもその表情《ひょうじょう》は変《か》わりません。

「――だが、家康《いえやす》よ。我々《われわれ》ファルコンズの使命《しめい》を考《かんが》えると、どんな練習《れんしゅう》でも、きびしすぎるということはない。ワシらは負《ま》けるわけにはいかんのだ」

「たしかに、それは信長《のぶなが》どののいうとおりです。そもそも超閻魔大王《ちょうえんまだいおう》の気《き》まぐれで開催《かいさい》された地獄甲子園《じごくこうしえん》こそが、すべてのはじまり。優勝《ゆうしょう》チームにあたえられる『歴史《れきし》を変《か》える権利《けんり》』は大問題《だいもんだい》です。しかし……」

「聞《き》け、家康《いえやす》よ」

信長《のぶなが》は強《つよ》い口調《くちょう》で、家康《いえやす》の言葉《ことば》をさえぎります。

「わかっておるな？　好《す》きな時代《じだい》へいって歴史《れきし》を変《か》えていいなどと、そんなことは断《だん》じて許《ゆる》されぬ。歴史《れきし》とは、みんなでつくりあげてきた大切《たいせつ》なものだ。それを守《まも》るためにはワシらファルコンズが優勝《ゆうしょう》し、歴史《れきし》を元《もと》どおりに動《うご》かすしか方法《ほうほう》はない。それがファルコンズの使命《しめい》である」

「……それには、きびしい練習《れんしゅう》もしかたない、と」

「わかっているならよい。地獄甲子園《じごくこうしえん》に出場《しゅつじょう》するチームは強豪《きょうごう》ぞろいじゃ。どのチームにもゆだんはできん」

「……はい」

家康《いえやす》はしょうがないか、という口調《くちょう》でこたえて、全力疾走《ぜんりょくしっそう》する秀吉《ひでよし》をながめました。すると、

「権現様《ごんげんさま》あっ！」

いきなり外野《がいや》のほうから、とんでもなく大《おお》きな声《こえ》が聞《き》こえてきました。

おどろいて秀吉《ひでよし》以外《いがい》の全員《ぜんいん》がそちらにむくと、袴《はかま》をはいた大男《おおおとこ》が、高《たか》い高《たか》いスコアボードの上《うえ》でいさましくたっていました。血色《けっしょく》がよくて強《つよ》そうな、サムライ風《ふう》のひとです。

「だ、誰《だれ》だ、あいつ……」

「っていうか、なんでわざわざあんな高《たか》い場所《ばしょ》に……」

「いや、待《ま》て。あの男《おとこ》、いま、権現様《ごんげんさま》といったぞ」

伊達政宗《だてまさむね》の言葉《ことば》に、みんながハッとした顔《かお》をしました。サムライの正体《しょうたい》に見当《けんとう》がついたのです。

「権現様《ごんげんさま》というのは、たしか江戸幕府《えどばくふ》の将軍《しょうぐん》たちが、初代将軍《しょだいしょうぐん》の徳川家康《とくがわいえやす》どのに敬意《けいい》を払《はら》って呼《よ》ぶ名前《なまえ》だ。と、いうことは……」

そういうと、伊達政宗《だてまさむね》はビシッと相手《あいて》を指《ゆび》さしました。

「おぬし、江戸幕府将軍《えどばくふしょうぐん》たちのチーム、日光《にっこう》ショーグンズの者《もの》だな！　たしか、わたしたちのつぎの相手《あいて》のはずだ！」

「はっはっは。正解《せいかい》、正解《せいかい》！」

そのサムライは伊達政宗《だてまさむね》のこたえに、おおらかな笑《え》みをうかべて手《て》をたたきました。

「いかにも伊達《だて》どののいうとおり。余《よ》は江戸幕府《えどばくふ》の八代目将軍《だいめしょうぐん》、徳川吉宗《とくがわよしむね》。日光《にっこう》ショーグンズのピッチャーである」

「吉宗《よしむね》だと！　幕府《ばくふ》をたてなおしたあの吉宗《よしむね》か！」

「そのとおり。よくわかったな……と、相手《あいて》をほめる吉宗《よしむね》であった」

そうこたえて、吉宗《よしむね》は「ほっ」と、スコアボードの上《うえ》からグランドに飛《と》びおりました。

そしてそこにつないでいた白馬《はくば》にひょいとまたがり、猛《もう》スピードでこちらにやってきます。

砂《すな》ぼこりをあげるそれは、まるでテレビドラマを見《み》ているようですが……。

「でもあいつ、どうしてあんな遠《とお》くて高《たか》いところから声《こえ》をかけてきたんだ？」

ファルコンズから、ツッコミがはいります。

「カッコよく登場《とうじょう》したかったのだろう。それに馬《うま》を見《み》せたかったのかもしれぬ……」

「いや、それしかないじゃろ。あんなとこに馬《うま》を待《ま》たせておったんじゃから……」

けっこう残念《ざんねん》なヤツかもしれない。ファルコンズのみんなには、びみょうな空気《くうき》がただよいます。

やがてそんな吉宗《よしむね》がマウンドまでやってくると、

「ごぶさたしております、権現様《ごんげんさま》」

と、馬《うま》からおりて、家康《いえやす》にあいさつをしました。

「ああ、ひさしぶりだ。吉宗《よしむね》よ。しかし敵《てき》となったいま、語《かた》るべきことはないはずじゃが」

「権現様《ごんげんさま》にはなくとも、余《よ》たちには話《はな》すべきことがあるのです。でなければ、わざわざ相《あい》手《て》のスタジアムまでまいりませぬよ」

そういうと吉宗《よしむね》は真剣《しんけん》な表情《ひょうじょう》になって、家康《いえやす》をじっと見《み》つめます。

「――権現様《ごんげんさま》はごぞんじかと思《おも》いますが、余《よ》たちの目的《もくてき》はもちろん、歴史《れきし》を変《か》えて江戸幕《えどばく》府《ふ》を復活《ふっかつ》させることでございます」

「…………」

家康《いえやす》はだまってくちびるをむすびました。

「ですから、権現様《ごんげんさま》。おねがいでございます。どうかショーグンズのキャプテンとして、わがチームにおいでくださらぬか……と、権現様《ごんげんさま》をスカウトする吉宗《よしむね》であった」

吉宗《よしむね》はそういうと、深々《ふかぶか》と頭《あたま》をさげました。しかし、それを聞《き》いて怒《おこ》ったのはファルコンズです。

「な、なにをいっておる！」

「貴様《きさま》、さっきから聞《き》いておれば！」

ファルコンズのメンバーたちは目《め》の色《いろ》を変《か》えて吉宗《よしむね》をにらみ、輪《わ》になってとりかこみました。

でも、それでも吉宗《よしむね》は気《き》にしません。頭《あたま》をあげて腕《うで》をくむと、よゆうの笑《え》みをうかべます。そして自分《じぶん》をかこむファルコンズを見《み》まわしました。

「なにをカッカしておるのだ、ファルコンズの者《もの》たちよ。なにもおかしなことではあるまい。権現様《ごんげんさま》は余《よ》たちのご先祖様《せんぞさま》。江戸幕府《えどばくふ》をつくられた将軍《しょうぐん》の中《なか》の将軍《しょうぐん》だ。むしろファルコンズにいるほうが不自然《ふしぜん》であるぞ」

「バカなことをいうでないでござる！」

ファルコンズの中《なか》から、真田幸村《さなだゆきむら》が吉宗《よしむね》にいいかえします。

「家康《いえやす》どのは、ファルコンズの大事《だいじ》なチームメイト、キャッチャーでござるぞ！　ともに歴史《れきし》を守《まも》ろうと戦《たたか》っておるのでござる！　それを……」

「歴史《れきし》を守《まも》る？　バカな。……といって、フッとわらう吉宗《よしむね》であった」

「なんでござると？」

「権現様《ごんげんさま》は、そんなことをお考《かんが》えになってはおらぬ。内心《ないしん》では余《よ》たちショーグンズとともに地獄甲子園《じごくこうしえん》で優勝《ゆうしょう》して歴史《れきし》を変《か》え、江戸幕府《えどばくふ》をつづけたいと思《おも》われておる！」

「う、うそでござる！」

「うそなものか」

自信《じしん》たっぷりにいいかえす吉宗《よしむね》の肩《かた》に、

「よせ」

家康《いえやす》がそういって、手《て》をのせました。

「権現様《ごんげんさま》。真田《さなだ》どのにもいってやってください。権現様《ごんげんさま》はこれから、わがチームで……」

吉宗《よしむね》の言葉《ことば》に、家康《いえやす》は首《くび》を横《よこ》にふります。

「残念《ざんねん》だが、真田幸村《さなだゆきむら》のいうとおりじゃ。ワシはファルコンズにのこる」

家康《いえやす》がいうと、吉宗《よしむね》は「えっ」という顔《かお》をして、そのままだまりました。そしてまたファルコンズのみんなを見《み》まわしてから、家康《いえやす》を見《み》つめます。

「本気《ほんき》であられるか、権現様《ごんげんさま》」

「もちろんじゃ」

「……ショーグンズには、江戸幕府復活《えどばくふふっかつ》の使命《しめい》がござる。敵《てき》となるからには権現様《ごんげんさま》が相手《あいて》とて、ようしゃはいたしませぬぞ」

吉宗《よしむね》はそういいました。顔《かお》からは、もうよゆうが消《き》えています。

「のぞむところだ。ファルコンズにはファルコンズの使命《しめい》がある。そしてワシはファルコンズの一員《いちいん》である」

「そう、ですか……」

吉宗《よしむね》の顔《かお》は、一瞬《いっしゅん》だけ暗《くら》くなります。でもすぐにくちびるをむすんで、いつもの顔色《かおいろ》にもどりました。

「――わかり申《もう》した。なにもいいますまい……といいつつ、残念《ざんねん》そうな吉宗《よしむね》であった」

そういって、吉宗《よしむね》はまたピョンと白馬《はくば》にまたがります。

「それでは、権現様《ごんげんさま》。つぎは試合《しあい》で会《あ》うことになるでしょう。我《われ》らが使命《しめい》の重《おも》さ、思《おも》い知《し》っていただきますぞ」

その言葉《ことば》をのこし、猛《もう》スピードで球場《きゅうじょう》から去《さ》る吉宗《よしむね》。それを見送《みおく》る家康《いえやす》の顔《かお》は、ちょっとさびしそうです。

「家康《いえやす》」

前《まえ》を見《み》る家康《いえやす》に、信長《のぶなが》が声《こえ》をかけました。

「ファルコンズにのこってくれて礼《れい》をいう。しかし子孫《しそん》たちとの対決《たいけつ》、つらいであろう」

「……いえ。ワシらの使命《しめい》を考《かんが》えると、なんのこともござらん」

「よくいった」

ニコッとわらう家康《いえやす》に、信長《のぶなが》はゆっくりとうなずきます。そして、

「いつまではしっておるのだ、ハゲネズミッ！」

と、ちょうど目《め》の前《まえ》をはしっていた秀吉《ひでよし》の、顔《かお》の前《まえ》のバナナをすばやくもぎとります。

「ああっ。ワシのバナナが！」

「やかましいっ！」

信長《のぶなが》は大声《おおごえ》でいうと、バナナを皮《かわ》ごと口《くち》の中《なか》へほうりこみます。そして一口《ひとくち》で飲《の》みくだすと、泣《な》きそうな秀吉《ひでよし》にむかって口《くち》をひらきました。

「よいか、ハゲネズミ！　つぎの相手《あいて》はショーグンズだ！」

「は、はいぃ」

「強敵《きょうてき》だ。戦力《せんりょく》がいる！　大至急《だいしきゅう》、ウチのエースと、あの男《おとこ》を呼《よ》べ！」

そういわれた秀吉《ひでよし》は、キョトンとした顔《かお》で信長《のぶなが》に聞《き》きかえしました。

「ウチのエースと、……あの男《おとこ》……？」

現世《げんせ》

山田虎太郎《やまだこたろう》は小学《しょうがく》六年生《ねんせい》。地元《じもと》の少年《しょうねん》野球《やきゅう》チームでピッチャーをしています。内気《うちき》だけどとてもやさしい性格《せいかく》で、しかも実力《じつりょく》は折《お》り紙《がみ》つき。名門《めいもん》高校《こうこう》野球部《やきゅうぶ》のスカウトも注目《ちゅうもく》するほどです。

そんな虎太郎《こたろう》ですが、……でも今日《きょう》は、ちょっと様子《ようす》がおかしいようです。

「そんな無責任《むせきにん》なことでどうする！」

現世《げんせ》にある、とある野球場《やきゅうじょう》。

そこでは虎太郎《こたろう》が、チームの監督《かんとく》に怒《おこ》られていました。

さっきまでおこなわれていた試合《しあい》は、8—1で虎太郎《こたろう》のチームの大勝利《だいしょうり》。

本当《ほんとう》ならほめられていそうなものですが、でも虎太郎《こたろう》は最終回《さいしゅうかい》にゆだんしてホームのベースカバーにはいらずに、点《てん》をとられてしまったのです。監督《かんとく》からしかられているのは、そのことでした。

「いくら勝《か》っていても、さいごまでゆだんしないのがエースだ！　なのにベースカバーにはいらないなんて、エース失格《しっかく》だぞ！」

監督《かんとく》の大声《おおごえ》はつづきます。

虎太郎《こたろう》はだまったまま視線《しせん》をさげていましたが、内心《ないしん》ではおもしろくありません。

たしかに気《き》を抜《ぬ》いちゃって、ベースカバーにはいらなかったけど……。

でも終盤《しゅうばん》で八点《てん》もリードしていたから、ちょっとくらい点《てん》をいれられても勝《か》てる試合《しあい》だったのに……。しかも実際《じっさい》に勝《か》ったんだし、どうだっていいじゃないか。

考《かんが》えると、口《くち》からもれるのはため息《いき》ばかり。チラッと横《よこ》を見《み》てみると、チームメイトたちまで虎太郎《こたろう》を責《せ》めるような目《め》をしています。

――どうしてだよ。だいたい送球《そうきゅう》をそらすから、ベースカバーが必要《ひつよう》になるんじゃないか。もしかしてみんな、勝《か》てたのは自分《じぶん》のプレーのおかげだっていいたいんじゃないの？

虎太郎《こたろう》の中《なか》に、くやしい気持《きも》ちがわいてきます。

せっかく勝《か》ったのに、一点《いってん》とられただけでしかられたらたまんないよ……。

虎太郎《こたろう》は監督《かんとく》の声《こえ》を聞《き》きながら、ずっとそう思《おも》っていました。

どうして、ぼくが怒《おこ》られるんだ……。

「それは虎太郎《こたろう》が悪《わる》いわね」

「えー。母《かあ》さんまで」

その日《ひ》の夕食《ゆうしょく》。虎太郎《こたろう》は家《いえ》でお母《かあ》さんとご飯《はん》を食《た》べながら、今日《きょう》のことを話《はな》しました。

虎太郎《こたろう》は、お母《かあ》さんならきっとわかってくれると思《おも》って話《はな》したのですが、でもかえってきたのはまさかの言葉《ことば》。お母《かあ》さんまで虎太郎《こたろう》が悪《わる》いというのです。

「どうしてだよ。点《てん》をとられたのは悪《わる》かったけどさ。でもたったの一点《いってん》だよ？　それまでこっちが八点差《てんさ》で勝《か》っていたのに」

「ちがうわよ。たとえ負《ま》けていても同《おな》じ。けっかは問題《もんだい》じゃないの」

お母《かあ》さんはそういうと、強《つよ》い目《め》をして、おはしをテーブルにおきました。

「たくさんリードしてるからベースカバーにはいらない、っていう虎太郎《こたろう》の態度《たいど》は、しかられてとうぜんよ。責任感《せきにんかん》がないもの」

「そ、そんなことないよ！　だってそこでがんばったってさ、なんの意味《いみ》もないもん！　ぼく、責任感《せきにんかん》がないのは、むしろベースカバーがいるようなプレーをする仲間《なかま》じゃない！　知《し》らないもんねー」

虎太郎《こたろう》もだまっていられません。くちびるをとがらせて反論《はんろん》しますが、お母《かあ》さんはさらに強《つよ》い目《め》をして虎太郎《こたろう》をにらみます。

「虎太郎《こたろう》、野球《やきゅう》はチームプレーよ。助《たす》けあわなきゃいけないじゃない。それに虎太郎《こたろう》はチームのエースでしょ？　そういうことがわからないのは、エースとしてどうかと思《おも》うわ」

「エースだからって、仲間《なかま》の失敗《しっぱい》まで知《し》らないもーん」

プイと横《よこ》をむいて、ふざけた口調《くちょう》で虎太郎《こたろう》がいうと、

「……いいかげんにしなさいよ、虎太郎《こたろう》」

「うっ」

どうやら、うっかりお母《かあ》さんのいかりのスイッチを押《お》してしまったようです。

虎太郎《こたろう》は（ヤバい……）と思《おも》いながら、

「そ、それじゃごちそうさま。今日《きょう》のハンバーグはおいしかったよ、うん」

さりげなくいすからおり、その場《ば》をはなれようとします。でも、お母《かあ》さんは見逃《みのが》してくれません。

「虎太郎《こたろう》、座《すわ》りなさい。それに今日《きょう》はコロッケです」

口調《くちょう》にこもったみょうな迫力《はくりょく》に、虎太郎《こたろう》のこめかみには冷《ひ》や汗《あせ》が流《なが》れました。

こういうときのお母《かあ》さんは、虎太郎《こたろう》にとって地上最強《ちじょうさいきょう》の生《い》きものなのです。

マズいなあ……。

そう思《おも》いながら虎太郎《こたろう》はいすに座《すわ》りなおして、上目《うわめ》づかいでお母《かあ》さんを見《み》つめます。

するとお母《かあ》さんは腕《うで》をくんで、いかりのオーラをもやしながら、まだ虎太郎《こたろう》をにらんでいました。まわりの空気《くうき》も、『ゴゴゴゴゴ……』と、音《おと》をたててふるえています。

「いい？　虎太郎《こたろう》」

重《おも》いふんいきの中《なか》、お母《かあ》さんはゆっくり口《くち》をひらきます。

「な……、なんでしょう？」

おもわず敬語《けいご》になる虎太郎《こたろう》。

「わたしは、虎太郎《こたろう》がそんな無責任《むせきにん》な子《こ》だとは思《おも》いませんでした。だから、あなたがそういう態度《たいど》をあらためるまで……」

「……あらためるまで？」

聞《き》きかえすと、お母《かあ》さんは息《いき》を軽《かる》く吸《す》って、ビシッと虎太郎《こたろう》を指《ゆび》さします。

「**オヤツは抜《ぬ》き！**」

抜《ぬ》きー

抜《ぬ》きー

抜《ぬ》きー

頭《あたま》の中《なか》にお母《かあ》さんの声《こえ》がこだまずると、

「そ、そんなあ！」

虎太郎《こたろう》はショックで、頭《あたま》をかかえました。

自分《じぶん》の悪《わる》いところがわからない虎太郎《こたろう》にとって、もうオヤツは永久《えいきゅう》に食《た》べられない気《き》がしました。おもわずうつむいてしまいます。

ああ、ずっとオヤツ抜《ぬ》きなんて……。

気《き》が遠《とお》くなるよ……。気《き》が遠《とお》く……。

遠《とお》く……。

「わかったわね、虎太郎《こたろう》。これにこりたら、ちゃんとエースとしての使命《しめい》を……」

お母《かあ》さんは目《め》をけわしくして、なおも虎太郎《こたろう》にお説教《せっきょう》をします。

でも、そのまま三十分《さんじゅっぷん》ほどガミガミしかったところで、虎太郎《こたろう》がなにも反応《はんのう》していないことに、ふと気《き》がつきました。

「ちょっと虎太郎《こたろう》、聞《き》いてるの？　あなたの責任感《せきにんかん》の話《はなし》をしてるのよ！」

お母《かあ》さんがいっても、虎太郎《こたろう》はだまったまま。

どうしたんだろう？　お母《かあ》さんは気《き》になってのぞきこみます。

すると虎太郎《こたろう》の顔《かお》は、なんと魂《たましい》が抜《ぬ》けてしまったように真《ま》っ青《さお》。座《すわ》ったまま気《き》を失《うしな》っているのです。

お母《かあ》さんはビックリぎょうてん。おもわず虎太郎《こたろう》の両肩《りょうかた》を持《も》って、声《こえ》をだしました。

「こ、虎太郎《こたろう》っ！　オヤツ抜《ぬ》きが、そんなにショックだったのっ！」

地獄《じごく》

「ちょっとどうしてくれるのさ、秀吉《ひでよし》さん！　なんかぼく、オヤツ抜《ぬ》きで気絶《きぜつ》した感《かん》じになってるじゃない！」

ぼくが現世《げんせ》をうつすかがみを見《み》ながら秀吉《ひでよし》に抗議《こうぎ》すると、

「まあまあ、そう怒《おこ》るな。オヤツどころか魂《たましい》まで抜《ぬ》かれて、地獄《じごく》にきたんじゃし」

アハハとわらう秀吉《ひでよし》。この軽《かる》い態度《たいど》がにくらしい。

秀吉《ひでよし》とぼくがいるここは、地獄甲子園《じごくこうしえん》のファルコンズベンチ。

そしてぼくが気《き》がついたのは、ちょっと前《まえ》だ。

オヤツ抜《ぬ》きっていわれて、ショックを受《う》けていたぼく。

どうしようって思《おも》ってうつむいていたら、いつのまにかまわりの風景《ふうけい》が、みょうなものになっているのに気《き》がついた。

なんだか、見覚《みおぼ》えのあるこれは……。

不吉《ふきつ》な予感《よかん》がしたぼくは、「これ、もしかして……」って思《おも》って、まわりをキョロキョロしてみたんだけど、案《あん》の定《じょう》。

ベンチの外《そと》の空《そら》は赤黒《あかぐろ》いし、変《へん》な鳥《とり》は飛《と》んでるし、観客席《かんきゃくせき》に座《すわ》る鬼《おに》は、コーラに地獄印《じごくじるし》のポップコーンで、試合開始《しあいかいし》を楽《たの》しみにしている。そして……、

「よお、ひさしぶり」

となりにいたのは、やっぱりサル……、じゃなくて豊臣秀吉《とよとみひでよし》。

ひょいと手《て》をあげて、待《ま》ちあわせしていた友《とも》だちにするようなあいさつをしてきた。まわりには他《ほか》の戦国武将《せんごくぶしょう》たちもいる。

「ひ、秀吉《ひでよし》さん、もしかしてこれ……」

ぼくが恐怖《きょうふ》にひきつりながら口《くち》にすると、

「あん？　もちろん地獄《じごく》じゃよ。今日《きょう》もがんばろうぜ！」

秀吉《ひでよし》はさわやかに親指《おやゆび》をたてて、とてもかってなことをいった。

秀吉《ひでよし》は野球《やきゅう》のメンバーがたりないと、いつもぼくを地獄《じごく》に呼《よ》びだす迷惑《めいわく》なヤツだ。

「もう、秀吉《ひでよし》さんっ！　ホントにいいかげんにしてよ。だいたい、気軽《きがる》に地獄《じごく》に呼《よ》ばないでって、何回《なんかい》いったらわかってくれるのさ！」

「そういうな。勝《か》たなければ現世《げんせ》に帰《かえ》れないって、なかなかのスリルじゃろ？」

「スリルですまないよ、そんなのっ！」

ぼくが身《み》ぶり手《て》ぶりをまじえて怒《おこ》っていると、

「まあまあ、虎太郎《こたろう》クン」

うしろから、かわいい声《こえ》が聞《き》こえてくる。

あっ、て思《おも》ってふりかえると、そこにいたのは和服《わふく》を着《き》て羽《はね》の生《は》えた女《おんな》の子《こ》。ふわふわと宙《ちゅう》にういていて、にっこりわらってる。

いつもぼくにいろんなことを教《おし》えてくれるこの子《こ》は……。

「ヒカル！」

そう。天女見習《てんにょみなら》いのヒカル。まさに、地獄《じごく》に仏《ほとけ》……、じゃなくて天女《てんにょ》（見習《みなら》い）とはこのことだ。ぼくはヒカルのほうをむくと、いかりをこめて秀吉《ひでよし》を指《ゆび》さした。

「ねえ、ヒカルも秀吉《ひでよし》さんにいってよ。毎回毎回《まいかいまいかい》……」

「でも、虎太郎《こたろう》クン」

ヒカルはぼくをなだめるように、ひとさし指《ゆび》をたてた。

「たしかにたいへんだと思《おも》うけどさ。でも虎太郎《こたろう》クンが活躍《かつやく》して勝《か》たないと、歴史《れきし》が変《か》わっちゃうんだよ？」

「うう……、まあ……」

そうなのだ。

地獄甲子園《じごくこうしえん》では、優勝《ゆうしょう》チームに『歴史《れきし》を変《か》える権利《けんり》』があたえられる。好《す》きな歴史《れきし》のタイミングにもどって、やりなおしができるらしい。

だから、その権利《けんり》がほしいチームは目《め》の色変《いろか》えて試合《しあい》に挑《いど》んでくるんだけど、でも、歴《れき》史《し》を変《か》えちゃうなんて、そんなことは許《ゆる》されない。

歴史《れきし》が変《か》わっちゃうと、もしかしたらぼくはチョンマゲで生活《せいかつ》してるかもしれないし、いろんなものが、いまと変《か》わっちゃうかもしれない。

そうなっちゃったら、いままでたくさん努力《どりょく》して、泣《な》いたりわらったりした野球《やきゅう》の思《おも》い出《で》もなくなっちゃう。

それに、プロ野球選手《やきゅうせんしゅ》になるんだって、ぼくの夢《ゆめ》も……。

「ね？　だから虎太郎《こたろう》クンががんばらないと！　ファルコンズのみんなも、たよりにしてるから、虎太郎《こたろう》クンを呼《よ》ぶんだよ」

ヒカルはにっこりわらう。

まわりを見《み》てみると、ファルコンズの戦国武将《せんごくぶしょう》たちも、うんうんってぼくを見《み》ながらうなずいた。

なんだか、こうやっていつものせられてる感《かん》じがするけど……。

「わかったよ、もう」

ぼくはそう返事《へんじ》をした。だいたい勝《か》たないと現世《げんせ》に帰《かえ》れないって時点《じてん》で、ほとんど強制《きょうせい》みたいなものじゃないか。

ため息《いき》をついて、やれやれって思《おも》っていると、

「それでこそ、わがチームのエースよ」

ベンチの奥《おく》から、低《ひく》くて威厳《いげん》のある声《こえ》がひびいてくる。

それを耳《みみ》にするだけで、なんだかこころに冷《ひ》や汗《あせ》をかいてしまいそうな、そんな迫力《はくりょく》がただよう声《こえ》。

ああ、この声《こえ》は、きっとあのひとだ。

いつ聞《き》いても、いつまでたっても、このふんいきにはなれない。それくらい、オーラのような重《おも》い威圧感《いあつかん》が、ビシビシ伝《つた》わってくる。

ぼくはゴクリとつばを飲《の》みこんで、その声《こえ》のほうへ目《め》をむけた。

するとそこにいたのは、やっぱりファルコンズ最強打者《さいきょうだしゃ》の、織田信長《おだのぶなが》。

ギラギラとするどい目《め》つきで、つきさすようにぼくを見《み》ている。秀吉《ひでよし》とはちがって、ただ見《み》られるだけで変《へん》に緊張《きんちょう》してしまう。

「ひさしぶりだな」

「う、うん……。そうだね」

ぼくの返事《へんじ》を聞《き》くと、信長《のぶなが》は相手《あいて》ベンチに目《め》をうつした。

「よいか、虎太郎《こたろう》よ」

っていわれても、よくない、とはいえない。ぼくはコクリとうなずいた。

「今日《きょう》の試合《しあい》には、とくに気《き》をつけてかかれ。野球《やきゅう》を失《うしな》いたくなければな」

「え、野球《やきゅう》を失《うしな》うって、どうして……」

「相手《あいて》が、江戸幕府《えどばくふ》の復活《ふっかつ》をねらう地獄栃木県代表《じごくとちぎけんだいひょう》、『日光《にっこう》ショーグンズ』だからだ。江《え》戸幕府《どばくふ》の、歴代将軍《れきだいしょうぐん》たちのチームじゃ」

しずかな口調《くちょう》でそういうと、信長《のぶなが》はそのままじっと相手《あいて》ベンチを見《み》つめた。

「江戸幕府《えどばくふ》の将軍《しょうぐん》……？　でも、どうして気《き》をつけるの？」

ぼくの疑問《ぎもん》に、

「それはね」

ヒカルがこたえてくれた。

「江戸幕府《えどばくふ》は、海外《かいがい》との貿易《ぼうえき》をあまり積極的《せっきょくてき》にしていなかったの。だから……」

「あっ、なるほど！」

ぼくたちが負《ま》けちゃって、もしも歴史《れきし》の中《なか》で江戸幕府《えどばくふ》が復活《ふっかつ》したりしたら、海外《かいがい》からいろいろなものがはいってこなくなる。

そしてその中《なか》には、たぶん野球《やきゅう》だってふくまれているはずだ。

「……たしかに、負《ま》けられないね」

ぼくがコクリとうなずくと、

「じゃあ、そろそろかの」

秀吉《ひでよし》がベンチの前《まえ》にでていった。

「おくれているヤツもいるが、スタメンはそろったな。それじゃあ整列《せいれつ》しにいくぞい」

スタメンとは、スターティングメンバーの略《りゃく》。

ようするに、試合開始《しあいかいし》のときに出場《しゅつじょう》する選手《せんしゅ》九人《にん》のこと。

秀吉《ひでよし》のいいかたじゃ、まだ誰《だれ》かくるみたいだけど……。

まあ、投《な》げるぼくには関係《かんけい》ないか。

ぼくはそう思《おも》いながら、用意《ようい》をしている相手《あいて》ベンチを見《み》た。

江戸幕府《えどばくふ》を復活《ふっかつ》させたいチーム、日光《にっこう》ショーグンズ。

その目的《もくてき》は、ちょっとわからないけど……。でもきっと、復活《ふっかつ》した幕府《ばくふ》でまた将軍《しょうぐん》になって、えらそうにおもしろおかしく暮《く》らしたいんだろう。

——なら、今日《きょう》の試合《しあい》は楽勝《らくしょう》かも。だってそんなひとたちに、たいした実力《じつりょく》があると思《おも》えないから。

整列《せいれつ》

鬼《おに》や地獄《じごく》の住人《じゅうにん》で、ごったがえしている地獄甲子園球場《じごくこうしえんきゅうじょう》。パーパッパパー、パーパッパパーって規則正《きそくただ》しいラッパのリズムも、地鳴《じな》りするような大音量《だいおんりょう》で聞《き》こえてくる。

そんな観客席《かんきゃくせき》にかこまれて、ぼくたちは両軍《りょうぐん》むきあい、ホームベースをはさんで整列《せいれつ》していた。

「はっはっは。権現様《ごんげんさま》。やはりファルコンズにとどまるおつもりのようですな。……と、ちょっと挑発《ちょうはつ》する吉宗《よしむね》であった」

相手《あいて》の先頭《せんとう》にたつ、体《からだ》の大《おお》きなひとがいった。

権現様《ごんげんさま》っていうのは、徳川家康《とくがわいえやす》のことみたい。

「もちろんだ、吉宗《よしむね》よ。おぬしたちの使命《しめい》も尊重《そんちょう》するが、ワシは正《ただ》しいと信《しん》じるファルコンズの使命《しめい》をはたすだけだ。手《て》かげんはせぬぞ」

徳川家康《とくがわいえやす》が、目《め》を強《つよ》くして相手《あいて》にいいかえした。そんなふたりのやりとりを見《み》て、

『ねえ、ヒカル』

ぼくが頭《あたま》の中《なか》でヒカルに呼《よ》びかける。ヒカルはテレパシーが使《つか》えるから、考《かんが》えるだけで会話《かいわ》ができちゃうんだ。

『どしたの、虎太郎《こたろう》クン』

『あのね、相手《あいて》のあの吉宗《よしむね》ってひとが、ショーグンズのキャプテンなのかな。なんだか体《からだ》が大《おお》きくて強《つよ》そう』

『ううん。たしかに強《つよ》そうだけど、キャプテンとはちがうよ。キャプテンは吉宗《よしむね》さんのとなりにいるひと。家光《いえみつ》さんっていうんだ』

『となり?』

そう思《おも》って、ぼくは吉宗《よしむね》のとなりに目《め》をやる。

そこには丸《まる》メガネをかけた、ちょっと背《せ》が低《ひく》めのひとがいた。

体《からだ》もほそいし、なんだか目《め》の下《した》にクマもできている。

目《め》つきだけは異様《いよう》にするどいけど、スポーツ選手《せんしゅ》としては、それほど強《つよ》そうに見《み》えないひとだ。年《とし》は中学生《ちゅうがくせい》か高校生《こうこうせい》くらいかな。家光《いえみつ》っていったっけ。

『江戸幕府《えどばくふ》はね、兄弟《きょうだい》がいたらお兄《にい》さんがえらい、みたいに、年上《としうえ》のひとを尊重《そんちょう》する考《かんが》えかたをしていたんだ』

『そうなんだ。たしかにむかしは、そういうのが絶対《ぜったい》っぽいね』

『そうなの。それを「長幼《ちょうよう》の序《じょ》」っていって、幕府《ばくふ》が将軍《しょうぐん》をきめる基本《きほん》だったんだ。家光《いえみつ》さんは三代目《だいめ》の将軍《しょうぐん》で、ショーグンズの中《なか》では一番古《いちばんふる》いひとなんだよ。ちなみに吉宗《よしむね》さんは八代目《だいめ》ね』

『だから、キャプテンなのか……』

そう思《おも》って家光《いえみつ》を見《み》ていると、

「なに、こっちをジロジロ見《み》ているんですか、失敬《しっけい》な」

家光《いえみつ》はメガネを指《ゆび》で押《お》しあげ、ぼくにむかっていった。

「あ。ご、ごめんなさい……」

「……フン。まあ、いいでしょう。それよりも君《きみ》。虎太郎《こたろう》クンといいましたね。あなたが助《すけ》っ人《と》のピッチャーということでしょうか？」

「うん、そうだけど……」

ぼくがそうこたえると、

「ふっ」

家光《いえみつ》はメガネの奥《おく》の目《め》をキラリと光《ひか》らせ、ニヤッとわらう。

「――なにがおかしいの？」

「いえいえ。ただ君《きみ》のように、なんの覚悟《かくご》もなさそうな少年《しょうねん》を助《すけ》っ人《と》にするなど、ファルコンズもたいしたことがないと思《おも》いましてねえ」

「なにいってんの。そんなこと、見《み》た目《め》で判断《はんだん》しないでよね」

「なら、いま、使命感《しめいかん》にもえているとでも？　その顔《かお》で？」

家光《いえみつ》がまた失礼《しつれい》なことをいうと、

「あいかわらずじゃのう、家光《いえみつ》よ」

信長《のぶなが》が、ぼくの代《か》わりにいいかえしてくれた。

「家光《いえみつ》、そしてショーグンズよ。いまから貴様《きさま》らは、その『たいしたことがない』相手《あいて》に負《ま》けるのだ。いそがしく口《くち》を動《うご》かすよりも、言《い》い訳《わけ》を考《かんが》えておいたほうがいい」

信長《のぶなが》の挑発《ちょうはつ》に、

「ちっ」

と、舌打《したう》ちをする家光《いえみつ》。

「……後悔《こうかい》させてやりますよ……。幕府復活《ばくふふっかつ》はゆずれませんから」

「楽《たの》しみだ。負《ま》けたときにどんな顔《かお》をするのであろうな」

「まあまあ」

信長《のぶなが》と家光《いえみつ》がそのままバチバチやってると、見《み》かねた審判《しんぱん》の赤鬼《あかおに》が、ふたりの間《あいだ》に割《わ》ってはいった。

「それでは、そろそろはじめますよ。主審《しゅしん》はわたくし、赤鬼《あかおに》がつとめさせていただきます」

赤鬼《あかおに》は両軍《りょうぐん》に目配《めくば》せして「いいですね？」とかくにんする。そして、

「では、桶狭間《おけはざま》ファルコンズ対《たい》、日光《にっこう》ショーグンズの試合《しあい》をはじめます。礼《れい》！」

試合開始《しあいかいし》を、そのコールで告《つ》げた。

するとみんなはおたがいに頭《あたま》をさげて、それぞれのベンチにもどっていく。ぼくも深呼《しんこ》吸《きゅう》をしながら、ベンチに足《あし》をむけた。すると、

「たのんだぞ、ファルコンズのエース！」

家康《いえやす》がぼくの背中《せなか》をバシンとたたくと、こっちをのぞきこんで片目《かため》をとじた。それに、びみょうな顔《かお》でこたえるぼく。

だってエースとかっていわれても、あまりピンとこないし。

それに、だいたいエースだろうがなんだろうが、ピッチャーなんだから投《な》げるだけでしょ。とりあえずがんばって投《な》げて、負《ま》けないようにしなきゃ。

ぼくはふうと息《いき》をはいて、首《くび》をコキコキ鳴《な》らした。

——いくぞ。

ぼくは相手《あいて》をキッとにらむと、手《て》をにぎって気持《きも》ちに力《ちから》をいれた。

2章《しょう》 暴《あば》れんボールと鎖《さ》国《こく》守《しゅ》備《び》

	1	2	3	4	5	6	7	8	9	計	H	E
桶狭間												
日　光												

OKEHAZAMA Falcons

1	豊臣	秀吉	右
2	徳川	家康	捕
3	前田	慶次	左
4	織田	信長	一
5	真田	幸村	二
6	井伊	直虎	中
7	伊達	政宗	三
8	毛利	元就	遊
9	山田虎太郎		投

B
S
O

UMPIRE

CH	1B	2B	3B
赤	青	黒	桃
鬼	鬼	鬼	鬼

日光 SHOGUNS

1	徳川	綱吉	左
2	徳川	家重	三
3	徳川	慶喜	一
4	徳川	吉宗	投
5	徳川	家光	捕
6	徳川	家継	二
7	徳川	家茂	中
8	徳川	家定	右
9	徳川	家宣	遊

一回表《いっかいおもて》

試合《しあい》はファルコンズの先攻《せんこう》。

試合開始《しあいかいし》のブォ〜、ブォ〜というほら貝《がい》の音《おと》が鳴《な》ると、審判《しんぱん》は「プレイボール！」と、前《まえ》を指《ゆび》さして合図《あいず》する。

すると、耳《みみ》がじんじんするくらいの大歓声《だいかんせい》や鳴《な》りものの応援《おうえん》が、まるでお祭《まつ》りがはじまるみたいに鳴《な》って、地獄甲子園《じごくこうしえん》をつつみこんだ。

さあ、いよいよ試合《しあい》。今日《きょう》の一番《ばん》バッターは、秀吉《ひでよし》だ。

「打《う》ってね！　秀吉《ひでよし》さん！」

まあ無理《むり》だろうけど、と思《おも》いつつ、ぼくはベンチから声《こえ》をだす。

すると秀吉《ひでよし》はニヤッとわらって親指《おやゆび》をたてて、

「さあ、こい！」

と、いさましくバッターボックスにはいっていった。秀吉《ひでよし》、打《う》ってるの見《み》たことないけど、どうしていつも威勢《いせい》だけはいいんだろう。

ちょっと残念《ざんねん》な気持《きも》ちになっていると、

「よいか、ショーグンズのしょくん！」

キャッチャーの家光《いえみつ》がたちあがり、守備《しゅび》をしている自軍全員《じぐんぜんいん》にむかって大声《おおごえ》をだした。

「ぼくちゃんは、ショーグンズが結成《けっせい》されてから、ずっとキャッチャーである。だから守《しゅ》備陣《びじん》はぼくちゃんにしたがうように！」

家光《いえみつ》の言葉《ことば》で、シンとしずまるグランド。だけど吉宗《よしむね》が、

「もちろんです、家光公《いえみつこう》」

というと、守備《しゅび》をしている全員《ぜんいん》が「おおー！」と返事《へんじ》をしてうなずいた。

それはなんだか異様《いよう》な光景《こうけい》で、

「ヒカル、なんなの、あれ」

ぼくは前《まえ》を指《ゆび》さしながら、ヒカルに聞《き》く。

「えっと、あのね。家光《いえみつ》さんはさ、はじめて将軍家《しょうぐんけ》としての徳川《とくがわ》に生《う》まれたひとなんだ。だから将軍就任《しょうぐんしゅうにん》のあいさつでは、みんなにむかって、『余《よ》は生《う》まれながらの将軍《しょうぐん》である。

これからはみんな部下《ぶか》だから自分《じぶん》にしたがうように！』っていったの。さっきのも、きっと同《おな》じような感《かん》じだよ！」

ヒカルがいった。

将軍《しょうぐん》だから自分《じぶん》にしたがえって……。問答無用《もんどうむよう》で、なんだかすごい。すごいけど……。

「それより、ヒカル。あのひと口《くち》は悪《わる》いのに、さっき自分《じぶん》のこと『ぼくちゃん』って……」

「悪《わる》ぶっても、育《そだ》ちのよさはかくせないんだね」

ヒカルはわらっていった。そういうものなんだろうか。

うーん。と、腕《うで》をくんで考《かんが》えていると、

「はっはっは。一番《ばん》バッターは秀吉《ひでよし》どのか……、と、ちょっとものたりなさそうな吉宗《よしむね》であった」

ショーグンズピッチャー、吉宗《よしむね》がマウンドから挑発《ちょうはつ》する。マスクをかぶったキャッチャーの家光《いえみつ》も、それを聞《き》くとおかしそうにプッとふきだした。

「な、なんじゃと、失礼《しつれい》なヤツめ！」

秀吉《ひでよし》はウッキーって感《かん》じで怒《おこ》るけど、ぼくにいわせれば秀吉《ひでよし》の失礼《しつれい》さだって、似《に》たようなものだ。

「はっはっは。まあ、秀吉《ひでよし》どのであろうとなかろうと、余《よ》のボールはそうは打《う》てまい。この球《たま》を投《な》げるために、余《よ》は体《からだ》をムキムキに鍛《きた》えたのだからな」

吉宗《よしむね》はそういってそでをまくり、力《ちから》こぶをつくってみせる。そこには山《やま》みたいな筋肉《きんにく》が、ぷっくりとふくれていた。

「たしかに、すごい筋肉《きんにく》……」

ぼくとヒカルはそれを見《み》て感心《かんしん》するけど……。

「でも、ヒカル。筋力《きんりょく》だけでいいピッチングができるわけじゃないよ」

「そなの?」

「そだよ。投球《とうきゅう》にはコントロールとか、こまかいテクニックなんかもけっこういるんだ」

だからパワーだけを鍛《きた》えたからって、戦国武将《せんごくぶしょう》たちが打線《だせん》にならぶファルコンズをおさえられるとは思《おも》えない。

「そうなんだね。じゃあ、秀吉《ひでよし》さんも打《う》てるかも!」

「いや、秀吉《ひでよし》さんはどうか知《し》らないけど……」

ヒカルに、にがわらいをかえすぼく。すると、

「はっはっは。さあ、秀吉《ひでよし》どの！　目《め》にもの見《み》せてくれる！」

吉宗《よしむね》がふりかぶって、投球動作《とうきゅうどうさ》にはいった。

ぼくとヒカルはあわてて視線《しせん》をもどして、マウンドを見《み》つめる。すると、

「いくぞ！　暴《あば》れんボール！」


と、吉宗《よしむね》はキャッチャーミットにむかって、大《おお》きな体《からだ》をダイナミックに使《つか》い、まるで威《い》圧《あつ》するようにボールを投《な》げこんだ。

「暴《あば》れんボールだってて っ？」

ぼくはたちあがり、ボールに目《め》をこらす。

吉宗《よしむね》がリリースした球《たま》は、土《つち》けむりまでまいあげそうな圧倒的《あっとうてき》な球威《きゅうい》があって、それは大砲《たいほう》から発射《はっしゃ》された弾丸《だんがん》みたいに見《み》えるほど。

そしてぼくはそのボールを見《み》て、

「危《あぶ》ない！」

と、おもわず叫《さけ》ぶ。

だって異常《いじょう》な球威《きゅうい》のそのボールは、思《おも》いっきり投《な》げた、というよりむしろ、力《ちから》まかせに投《な》げた、といったほうがしっくりくるほど、コントロールがめちゃくちゃだったから。

「うわっ！」

と、叫《さけ》ぶ秀吉《ひでよし》。

そりゃ、こんなの投《な》げられちゃ、バッターはたまらない。

よけるように秀吉《ひでよし》がうしろにのけぞると、吉宗《よしむね》のボールは、勢《いきお》いそのままその胸元《むなもと》をズバッととおりすぎた。するとキャッチャーミットが、バッシーンという強烈《きょうれつ》な音《おと》をひびかせる。

「な、なんちゅうボールを投《な》げよるんじゃ、おぬしっ！」

秀吉《ひでよし》は姿勢《しせい》を元《もと》にもどして、吉宗《よしむね》に文句《もんく》をいう。

「はっはっは。速《はや》いボールだったであろう？」

「そんなことをいうとるんじゃないわっ！　あたりかけたぞ、ワシにっ！」

「はっはっは。こまかいことを申《もう》すな……といって、この話題《わだい》を終《お》わらせる吉宗《よしむね》であった」

「終《お》わらすな！」

秀吉《ひでよし》はまた、ウッキーといいそうな表情《ひょうじょう》になって、顔《かお》を赤《あか》くした。

まだまだ怒《おこ》りたりないって感《かん》じの秀吉《ひでよし》だけど、でも、吉宗《よしむね》はマイペース。そうやっている間《あいだ》に、もうつぎの投球動作《とうきゅうどうさ》にはいっている。

「く……、なんてヤツじゃ」

秀吉《ひでよし》はブツブツいいながら舌打《したう》ちをして、しかたなくバットをかまえなおした。

でも、あんなにコントロールの悪《わる》いピッチングなら、こっちにとってはラッキーかも。

だってファルコンズ打線《だせん》だったら、あまくはいったところを、きちっと打《う》ってくれるだろうし……。秀吉《ひでよし》は無理《むり》かもだけど。

「さあ、秀吉《ひでよし》どのよ！　二球目《きゅうめ》の暴《あば》れんボールだ！」

吉宗《よしむね》はそういって、また大《おお》きなフォームでボールをはなつ。

それはさっきと同《おな》じように、力《ちから》まかせに投《な》げたボールのようだったけど、ギリギリでストライクゾーンにはいりそうなコントロールだった。

――これなら……！

すごい速《はや》さのボールだけど、あのコースなら打《う》てるかも！　だけど秀吉《ひでよし》じゃ無理《むり》かな？

ぼくは期待《きたい》と不安《ふあん》がまじった気持《きも》ちで手《て》をにぎり、ボールの行方《ゆくえ》を見守《みまも》る。

でも秀吉《ひでよし》は、

「くっ！」

と、体《からだ》をのけぞらせたまま、バットをふれない。

すると弾丸《だんがん》みたいなそのボールは、そのままキャッチャーミットにつきささり、

「ストライク！」

という審判《しんぱん》の声《こえ》をひびかせた。

「ど、どうしてバットをふらないの、秀吉《ひでよし》さん」

ぼくはたちあがり、バッターボックスにむかっていった。

だっていまのは、体《からだ》をうしろにそらすような球《たま》じゃなかったはずだ。なら、せめてバットをふればなにかが起《お》こるかもしれないのに……。

「そ、そうはいうがな、虎太郎《こたろう》よ……」

秀吉《ひでよし》が言《い》い訳《わけ》を口《くち》にしかけるけど、

「まだまだいくぞっ！　……と、また暴《あば》れんボールを投《な》げる吉宗《よしむね》であった」

吉宗《よしむね》はこっちの事情《じじょう》にはかまわず、ボールを投《な》げる。

すると秀吉《ひでよし》はそのボールも見逃《みのが》してしまい、けっきょくさいごまでバットをふらないまま。あっけなく三振《さんしん》すると、しょんぼりしてベンチに帰《かえ》ってきた。

「どうしたの？　秀吉《ひでよし》さん。いくら秀吉《ひでよし》さんがバッティングがにがてで下手《へた》くそでも、普《ふ》段《だん》ならバットくらいはふって、言《い》い訳《わけ》しながら帰《かえ》ってくるのに……」

「おぬしも失礼《しつれい》なヤツじゃな……」

秀吉《ひでよし》は顔《かお》をしかめていった。でも、おたがいさまだ。

「いや、ワシとてバットはふりたかったがの。でもどうしてか、スイングするには、ちょっと足《あし》がふみこめなかったんじゃよ」

「どうしてかって……」

本人《ほんにん》がわからないんじゃ、どうしようもないじゃないか……。そう思《おも》っていると、

「それが、あやつの戦法《せんぽう》よ」

ベンチで勝負《しょうぶ》を見守《みまも》っていた信長《のぶなが》が、まじめな顔《かお》をしてそういった。

「？　信長《のぶなが》さん。戦法《せんぽう》って、なに？」

「いわゆる、荒《あ》れ球《だま》というやつだ」

「荒《あ》れ球《だま》？　ノーコンってこと？」

ぼくが聞《き》くと、秀吉《ひでよし》やヒカルも、信長《のぶなが》のほうをむいた。ちなみにノーコンっていうのは『ノーコントロール』、つまり制球力《せいきゅうりょく》がないって意味《いみ》だ。

「荒《あ》れ球《だま》とノーコンは、ちょっとだけ意味《いみ》がちがうな」

信長《のぶなが》はあごのヒゲを指《ゆび》でつまみながら、説明《せつめい》してくれる。

「ノーコンは制球力《せいきゅうりょく》がまるでなくて、フォアボールやデッドボールを連発《れんぱつ》するピッチャーのことをいうが……」

『いうが？』

ぼくたちはみんなで声《こえ》をあわせて、話《はなし》のつづきを催促《さいそく》した。

「うむ。荒《あ》れ球《だま》はストライクゾーンをねらうくらいのコントロールがあるが、こまかいコントロールがきかないことをいうんじゃ。バッターから見《み》れば、あまくはいることもあるぶん、コースの予想《よそう》がしにくいということになるのう。それがヤツの武器《ぶき》になっておる」

「ああ、なるほど……」

たしかに、ボールが予想《よそう》のコースにきたりこなかったりじゃ、バッターだって打《う》ちにくいだろう。

「それに、荒《あ》れ球《だま》はバッターにとってこわいものよ」

信長《のぶなが》が説明《せつめい》をつけたした。

「こわいって？　どうして？」

「虎太郎《こたろう》よ、わからぬか？　あの球威《きゅうい》のボールが、どこにくるかわからんのだぞ？　秀吉《ひでよし》への一球目《いっきゅうめ》のように……」

「あっ」

たしかにそうだ。あのスピードのボールが体《からだ》の近《ちか》くをとおるなんて……。下手《へた》すれば体《からだ》にあたっちゃうかもしれない。

「そういうことだ。暴《あば》れんボールとは、デッドボールの恐怖《きょうふ》をバッターに植《う》えつける、最《さい》強《きょう》クラスの荒《あ》れ球《だま》だ。秀吉《ひでよし》の動《うご》きを封《ふう》じてしまうほどのな」

「なるほど！」

と、秀吉《ひでよし》が手《て》をたたく。いや、自分《じぶん》のことでしょ。

ぼくはため息《いき》をつきながら、グランドに目《め》をもどした。

ただ、いくら暴《あば》れんボールがすごいっていっても……。

もしかしたら、つぎのバッターで、もうなんとかなっちゃうかもしれない。

なぜならいま、バッターボックスにたっているのは、二番《ばん》の家康《いえやす》。

ショーグンズから『権現様《ごんげんさま》』なんて呼《よ》ばれて尊敬《そんけい》されている、江戸幕府《えどばくふ》の初代征夷大将軍《しょだいせいいたいしょうぐん》。いってみれば吉宗《よしむね》も家光《いえみつ》も、みーんな家康《いえやす》の子孫《しそん》だ。

秀吉《ひでよし》では無理《むり》でも、家康《いえやす》なら……。

「いよいよこのときがまいりましたな、権現様《ごんげんさま》。……と、ほどよい緊張感《きんちょうかん》に身《み》がひきしまる吉宗《よしむね》であった」

吉宗《よしむね》が不敵《ふてき》にわらうと、

「権現様《ごんげんさま》とて、ようしゃはいたしません。アウトになっていただきますよ。ぼくちゃんたちには、使命《しめい》と覚悟《かくご》があるのです」

家光《いえみつ》もつづく。

「吉宗《よしむね》に家光《いえみつ》よ。それは我《われ》らとて同《おな》じことじゃ。かかってこい」

家康《いえやす》はおそろしく真剣《しんけん》な顔《かお》で、ふたりにこたえた。

——さあ、どうなる？

暴《あば》れんボールが勝《か》つか、家康《いえやす》の威厳《いげん》のある風格《ふうかく》が勝《か》つか……。

ぼくはつばを飲《の》みこんで、グランドを見守《みまも》る。

やがて吉宗《よしむね》はマウンドにふみこんで「暴《あば》れんボール！」と、ボールを投《な》げる。

「どりゃあっ！」

家康《いえやす》が気合《きあ》いとともに、バットをスイング。すると、ガキィン！と大《おお》きな音《おと》をたてて
バットがボールをとらえた。

——すごいっ！

あの暴《あば》れんボールを、初球《しょきゅう》でとらえた！それはたしかにすごいけど！

「クソッ」

家康《いえやす》は顔《かお》をしかめて、一塁《るい》にはしる。

たしかに家康《いえやす》のバットはボールをとらえたけど、打球《だきゅう》が飛《と》んだ場所《ばしょ》はセカンド正面《しょうめん》。

セカンドを守《まも》る家継《いえつぐ》って子供《こども》は、あっさりと打球《だきゅう》をキャッチ。すばやい守備《しゅび》で、ファーストに送球《そうきゅう》して家康《いえやす》はアウト。

するとピッチャーマウンドでは吉宗《よしむね》が、ボディビルダーのようなポーズをとってわらい声《ごえ》をあげた。勝利《しょうり》のガッツポーズの代《か》わりだろう。

ショーグンズから尊敬《そんけい》を集《あつ》める家康《いえやす》でさえも、吉宗《よしむね》を攻略《こうりゃく》できないなんて……。

荒《あ》れ球《だま》、暴《あば》れんボールか……。あのスピードと、予測《よそく》のつかないコントロール。かなり手《て》ごわいボールだぞ。

一回裏《いっかいうら》

なかなか手《て》ごわそうなボールだからこそ、ぼくが点《てん》をやるわけにはいかない。

一回表《いっかいおもて》のファルコンズはけっきょく、あっさりと三者凡退《さんしゃぼんたい》。

そして裏《うら》は守備《しゅび》にまわる。ぼくが投《な》げる番《ばん》だ。

ピッチャーの吉宗《よしむね》からは、ゆだんできないなにかを感《かん》じる。注意《ちゅうい》しないといけない。

そう考《かんが》えながら、ぼくはいつもみたいにうしろをむいて、一応《いちおう》、「しまっていこー！」

と、みんなに声《こえ》をかける。そして、

(さあ、ショーグンズの一番《ばん》バッターはどんなヤツだろう)

と、こころの準備《じゅんび》をして、ゆっくりと前《まえ》をむいた。

するとバッターボックスにいたのは……？

「犬《いぬ》……？」

ぼくは目《め》を点《てん》にしていった。

だって打席《だせき》にはいっていたのは、人間《にんげん》じゃなくてただの柴犬《しばいぬ》。バットを口《くち》でくわえて、ちょこんとお座《すわ》りしている。

「な、な、な……」

おどろきのあまり、声《こえ》をだせない。こころの中《なか》で「なんで？」とつぶやくと、

『一番《ばん》バッターは徳川綱吉《とくがわつなよし》さんだよ！』

ヒカルの声《こえ》が頭《あたま》にひびく。

『え、ヒカル、待《ま》って。あれ、犬《いぬ》だよ、犬《いぬ》！』

『そう。綱吉《つなよし》さんは生《い》きてたころ、「生類憐《しょうるいあわ》れみの令《れい》」っていう、生《い》きものを大事《だいじ》にしなさいってきまりをつくったんだ。蚊《か》とかまで大事《だいじ》にしなきゃいけないから、みんなから非《ひ》難《なん》ごうごうだったんだけど、それでも綱吉《つなよし》さんは自分《じぶん》が正《ただ》しいって信《しん》じてたの』

『……それで、どうしたの？』

なんとなく変《へん》な予感《よかん》を持《も》ちながら、ぼくは聞《き》いた。

『うん。それでね、綱吉《つなよし》さんは生《い》きものの中《なか》でもとくに犬《いぬ》が好《す》きで、「犬公方《いぬくぼう》」なんて呼《よ》ばれたほど大事《だいじ》にしていたんだ。だから死《し》んだらねがいがかなって犬《いぬ》になっちゃって、そのまま試合《しあい》に出場《しゅつじょう》してるってわけ』

『うそだ――――！』

いくら将軍《しょうぐん》でも、犬《いぬ》が試合《しあい》にでるなんてっ！

ぼくは顔《かお》をしかめながら、そっと前《まえ》を見《み》てみる。すると綱吉《つなよし》のつぶらな瞳《ひとみ》と目《め》があって、しかもそれがすごいかわいらしいのが、またぼくの気持《きも》ちをびみょうにさせた。

「うう……」

犬公方

かわいすぎる。ここは動物愛護《どうぶつあいご》のためにも、手《て》かげんしてあげたいけど……。

ぼくはそれをグッとこらえて、

「いくらかわいくたって、打《う》たせないっ！」

そういって、思《おも》いっきりボールを投《な》げこんだ。

すると指《ゆび》にいい手応《てごた》えをのこしたそのボールは、バシィッ！　とするどい音《おと》をたてて、
キャッチャーミットにつきささる。

見《み》たか！　速球《そっきゅう》ならぼくだって自信《じしん》があるんだからね！　そう思《おも》っていると、

「クゥ〜ン」

綱吉《つなよし》が悲《かな》しそうな目《め》で、ぼくを見《み》つめた。

「ちょっと……。そんな目《め》で見《み》ないでよ……」

ちゃんとした勝負《しょうぶ》をしているのに、ぼくがいじめているみたいだ。

クソ……。その目《め》はナシだよ……。うう……。

「す、少《すこ》しだけだからね！」

なんだか悪《わる》いことをしている気持《きも》ちになっちゃって、ぼくはつぎの球《たま》を、ちょっとゆっ

くりめに投《な》げた。すると、

「ワン！」

のかけ声《ごえ》（？）で、綱吉《つなよし》はバントでもするかのように、くわえていたバットをボールにコツンとあてる。すると打球《だきゅう》は転々《てんてん》と、三塁方向《るいほうこう》にころがっていった。

ふつうならアウトにできるあたりだけど……。

「綱吉公《つなよしこう》は犬《いぬ》だけに、足《あし》が速《はや》いぞ！」

「まさにワンダフル！」

という相手《あいて》ベンチからの声《こえ》。

つっこみたいところだけど、ここは守備《しゅび》に集中《しゅうちゅう》しないと！　って思《おも》っていたら！

「な、なんでっ！」

と、ぼくはおもわず叫《さけ》んでしまう。

なぜなら綱吉《つなよし》は、打《う》ったあと、一塁《るい》じゃなくて三塁《るい》にむかってはしっていったから。しかも**「ワンワン！」**って、サードの伊達政宗《だてまさむね》にめっちゃなついてる。

「ア、アウト！　徳川綱吉選手《とくがわつなよしせんしゅ》、走塁違反《そうるいいはん》？　でアウトです！」

三塁塁審《るいるいしん》の桃鬼《ももおに》が、前代未聞《ぜんだいみもん》のプレーに、あせりながら手《て》をあげた。

でも、どうして三塁《るい》にいっちゃったの？　なにかの作戦《さくせん》？　そう思《おも》うと、相手《あいて》ベンチから聞《き》こえてくるたよりない声《こえ》。

「……綱吉公《つなよしこう》は、犬《いぬ》だけにルールを知《し》らんのじゃ」

「……これでまさにワンアウトじゃ」

って、そんなひと（犬《いぬ》）を一番《ばん》バッターにしないで！

こころの中《なか》で全力《ぜんりょく》でつっこむと、

「虎太郎《こたろう》クン。まどわされるな。エースだろ」

キャッチャーの家康《いえやす》がマウンドまできて、ぼくにそういった。

「う、うん。——そうだね」

「たのむぞ。それさえ自覚《じかく》していれば、かならず勝《か》てるからな」

家康《いえやす》はそういってニヤリとわらう。

たしかに、相手《あいて》のちょっと変《へん》な野球《やきゅう》に動揺《どうよう》しちゃったかも。よくないことだったな。

ぼくはそのあと、家康《いえやす》の言葉《ことば》でおちつきをとりもどせたのか、一回《いっかい》のショーグンズの攻《こう》撃《げき》を、そのまま三者凡退《さんしゃぼんたい》におさえた。

相手《あいて》のバッターたちは必死《ひっし》でボールに食《く》らいついてきたけど、けっかは三振《さんしん》とファーストゴロ。

表情《ひょうじょう》やプレーからショーグンズの本気《ほんき》は伝《つた》わってくるけど、こっちだってチョンマゲになっちゃったらたまらないからね。

エースの自覚《じかく》ってよくわからないけど、ぼくはいつものとおりに投《な》げるだけだ。

二回表《かいおもて》

で、試合《しあい》は二回表《かいおもて》、ファルコンズの攻撃《こうげき》になった。

バッターは四番《ばん》の信長《のぶなが》から。はやめに打《う》って、点《てん》をとってほしいけど……。

「なに。信長様《のぶながさま》ならだいじょうぶじゃ」

考《かんが》えていたら、ベンチのとなりで秀吉《ひでよし》が胸《むね》をはっていった。

「たしかに信長《のぶなが》さんなら打《う》てるかもしれないけど……。でも秀吉《ひでよし》さんの太鼓判《たいこばん》ほど、あてにならないものってないよね」

ぼくがしらけた目《め》でいいかえすと、

「無礼《ぶれい》なヤツじゃ」

秀吉《ひでよし》はおもしろくなさそうにこたえて、信長《のぶなが》がたっている打席《だせき》を見《み》た。

バッターボックスでマントをはためかせる信長《のぶなが》は、やっぱり風格《ふうかく》がだんちがい。お客《きゃく》さんからの歓声《かんせい》も、他《ほか》の選手《せんしゅ》より大《おお》きい。

やっぱり、すごいなあ。

と、見《み》とれるように前《まえ》をむいていたら、

「たしかに吉宗《よしむね》の暴《あば》れんボールは速《はや》い」

秀吉《ひでよし》があごをつまみながら、真剣《しんけん》な目《め》で話《はな》しかけてきた。

「しかも荒《あ》れ球《だま》で体《からだ》の近《ちか》くをとおるかもしれんし、打者《だしゃ》としてはこわいもんじゃが……」

「じゃが？」

「うむ。スピードはいままで対戦《たいせん》した剛速球《ごうそっきゅう》ピッチャーと同《おな》じくらいじゃし、信長様《のぶながさま》はおそれを知《し》らぬ最強《さいきょう》の戦国武将《せんごくぶしょう》じゃ。暴《あば》れんボールといえども、あのお方《かた》がビビることはない」

「そ、そうか！」

たしかに、そうだ。体《からだ》の近《ちか》くをとおったって、きっと信長《のぶなが》ならだいじょうぶ。秀吉《ひでよし》みたいに体《からだ》が動《うご》かなくなる、なんてことはないはずだぞ！

そう思《おも》っていたら、

「暴《あば》れんボール、敗《やぶ》れたり！」

って信長《のぶなが》の声《こえ》とともに、ガキィン！　という耳《みみ》の奥《おく》まで届《とど》くような、とんでもなく大《おお》きな音《おと》が聞《き》こえてくる。

あわてて前《まえ》を見《み》ると、信長《のぶなが》が低《ひく》くするどいライナーをはなって、一塁《るい》にはしっている！

「すごい！　ホントに打《う》った！」

「さすが！」

ファルコンズのみんながこうふんしてたちあがる。そして打球《だきゅう》を目《め》で追《お》った。

信長《のぶなが》の打《う》ったボールは二遊間《にゆうかん》を抜《ぬ》けそうな、強烈《きょうれつ》なあたりだ。ヒットどころか、もしかしてツーベースになるかも……。

やったぞ！　これにつづいてみんなが打《う》てば、先制点《せんせいてん》だ！

と、ぼくがそう思《おも》っていた、そのとき！

「家継《いえつぐ》！」

キャッチャーマスクをぬいで、家光《いえみつ》が叫《さけ》ぶ。

するとセカンドを守《まも》る子供《こども》、家継《いえつぐ》が、「こころえましゅたぁ」と、信長《のぶなが》のはなった打球《だきゅう》に、横《よこ》っ跳《と》びで食《く》らいついた！

「うそっ！」

あのボールに？

しかも子供《こども》なのに、家継《いえつぐ》の動《うご》きはすごくすばやい。腕《うで》をのばしたままボールに跳《と》びつくと、そのまま勢《いきお》いあまって、ゴロゴロとグランドをころがった。

そして、もうもうと砂《すな》ぼこりがまう中《なか》でみんなの注目《ちゅうもく》を集《あつ》めながら、

「とったでしゅよぉ」

と、家継《いえつぐ》はグラブを空《そら》にむかってほこらしげにかかげる。中《なか》にはたしかに、白《しろ》いボールがはいっていた。

「アウト！」

それを見《み》て叫《さけ》ぶ審判《しんぱん》。わきあがるお客《きゃく》さんに、「おしい！」と、舌打《したう》ちをしてベンチに座《すわ》るファルコンズ。さらには「ナイスプレー！」と、ほめたたえるショーグンズ。

たしかに信長《のぶなが》のあたりは、もう少《すこ》しでヒットになるような、おしいものだったけど……。

ぼくのこころの中《なか》に、ちょっとしたひっかかりが生《う》まれる。

（どうしてあんな子供《こども》まで、必死《ひっし》のプレーを……？）

いまの信長《のぶなが》のあたりなら、ファインプレーがなければ絶対《ぜったい》にヒット。一回《いっかい》の家康《いえやす》のあたりをとったときもそうだった。あんなあたり、たとえキャッチできなくても、誰《だれ》も家継《いえつぐ》のせいになんてしないはずだ。

それなのに泥《どろ》だらけによごれて、もしかするとケガもするかもしれないのに。

本当《ほんとう》にショーグンズは江戸幕府《えどばくふ》を復活《ふっかつ》させて、おもしろおかしく暮《く》らしたいだけのひとたちなのか？

ショーグンズ……。底知《そこし》れないなにかを感《かん》じる……。

「貴様《きさま》も気《き》づいたか」

ベンチに帰《かえ》ってきた信長《のぶなが》が、ぼくに声《こえ》をかけてきた。

「うん。あんな子供《こども》が、あのあたりをとるなんて……」

「なにかあるかもしれぬな」

信長《のぶなが》の言葉《ことば》にうなずいて、ぼくはそのままじっと相手《あいて》を見《み》つづけた。

ファルコンズはそのあと、真田幸村《さなだゆきむら》がギリギリの内野安打《ないやあんだ》でヒットを打《う》った以外《いがい》は、井《い》伊直虎《なおとら》も伊達政宗《だてまさむね》も、相手《あいて》のファインプレーによってアウトにされた。

レフトの綱吉《つなよし》（犬《いぬ》）は、「とってこい！」っていわれると、はしりながらジャンプで打《だ》球《きゅう》をくわえてしまうし、センターの家茂《いえもち》ってひとは、外野《がいや》の壁《かべ》にぶつかりながらも、根性《こんじょう》でフライをキャッチした。

井伊《いい》直虎《なおとら》も伊達政宗《だてまさむね》も、吉宗《よしむね》の暴《あば》れんボールにひるまず、いいあたりをしていたのに……。

あのかたい守備《しゅび》は、いったいなんなんだろう。そう考《かんが》えていると、

「わがチームの実力《じつりょく》を見《み》ましたか、ファルコンズのしょくん」

キャッチャーの家光《いえみつ》がとくいげな表情《ひょうじょう》で、こっちにいってきた。

スリーアウトをとって、ベンチに帰《かえ》る途中《とちゅう》だ。まさに、してやったりって顔《かお》つき。

「実力《じつりょく》じゃと？」

いいかえしたのは秀吉《ひでよし》だった。フッとわらうと、ビシッと家光《いえみつ》を指《ゆび》さす。

「バカめ。吉宗《よしむね》めの暴《あば》れんボール、もう打《う》たれはじめておるではないか。今回《こんかい》はたまたまファインプレーがつづいたが、次回《じかい》はそうはいかぬぞ。大量《たいりょう》に点《てん》をいれてくれる」

秀吉《ひでよし》が胸《むね》をはって、えらそうにいった。つぎの回《かい》は自分《じぶん》にも打順《だじゅん》がまわってくるって、わかっていっているのだろうか。

「やれやれ。秀吉《ひでよし》どのも長《なが》い地獄《じごく》暮らしで、もうろくしたものですねえ」

秀吉《ひでよし》の反論《はんろん》を聞《き》いて、家光《いえみつ》はあきれた感《かん》じでいった。両手《りょうて》の平《ひら》を上《うえ》にむけて、ちょっとバカにしたような動作《どうさ》だ。

「なんじゃと！　なにがいいたい！」

「ぼくちゃんたちの武器《ぶき》が、吉宗《よしむね》の暴《あば》れんボールだけだと思《おも》ったら、おおまちがいだってことですよ」

「ぶ、武器《ぶき》じゃと？」

「そのとおり！　ぼくちゃんたちは吉宗《よしむね》の『暴《あば》れんボール』と、いま、しょくんがごらんになった『鎖国守備《さこくしゅび》』で、守《まも》り勝《か》つ野球《やきゅう》をとくいとしているのです。そう簡単《かんたん》に勝《か》てると思《おも》わぬことですねえ」

家光《いえみつ》はニヤリとわらう。それは、こころに悪寒《おかん》がはしりそうな、つめたい笑《え》みだった。

「『鎖国守備《さこくしゅび》』だと？　あ、あの守備《しゅび》がぐうぜんではなく、武器《ぶき》だというのか？」

伊達政宗《だてまさむね》が、冷《ひ》や汗《あせ》をこめかみに流《なが》しながらいう。

「そのとおり。ぼくちゃんが打者《だしゃ》にあわせて、守備位置《しゅびいち》を指示《しじ》しているのですよ！」

家光《いえみつ》はフフンと鼻《はな》を鳴《な》らしていった。そういえば試合前《しあいまえ》、『守備陣《しゅびじん》はぼくちゃんにしたがうように！』っていってたっけ。

「ぼくちゃんたちショーグンズの使命《しめい》は、江戸幕府《えどばくふ》の復活《ふっかつ》！　たよりないエースしかいないチームなどには、けっして負《ま》けません！」

さいごにもう一度《ど》フフンと鼻《はな》でわらうと、家光《いえみつ》は自分《じぶん》のベンチに帰《かえ》っていった。

ぼくは言葉《ことば》にできないこわさをこころに感《かん》じながら、その背中《せなか》をじっと見《み》つめていた。

二回裏《かいうら》

でもだからって、たよりないエースなんて、そんなことをいわれる覚《おぼ》えはない。ピッチャーとして、ちゃんと投《な》げ抜《ぬ》こうとは思《おも》っているのに……。

ぼくはマウンドを足《あし》でならしながら、家光《いえみつ》の言葉《ことば》にほっぺたをふくらませていた。

でもまあ、いまはそんなことを気《き》にしたってしょうがない。

問題《もんだい》なのは、ショーグンズの武器《ぶき》っていっていた、あのかたい守備《しゅび》。

あれじゃどこに打《う》ったって、打球《だきゅう》はファインプレーのえじきだ。

まさかショーグンズに、まだあんな特技《とくぎ》があったなんておどろきだけど。家光《いえみつ》が守備位《しゅびい》置《ち》を指示《しじ》する、鎖国守備《さこくしゅび》っていったっけ。どういう意味《いみ》なんだろう。

『それはね』

考《かんが》えると、ヒカルの声《こえ》が頭《あたま》にひびく。

『あたしさ、試合前《しあいまえ》、虎太郎《こたろう》クンに、江戸幕府《えどばくふ》は海外《かいがい》との貿易《ぼうえき》にあまり積極的《せっきょくてき》じゃなかったっていったよね？』

『あ、うん』

たしかに聞《き》いた。ショーグンズが優勝《ゆうしょう》したら、そんな風《ふう》に歴史《れきし》が変《か》わっちゃうって話《はなし》のときだ。

『で、その積極的《せっきょくてき》に貿易《ぼうえき》をしなかった状態《じょうたい》を、以前《いぜん》は「鎖国《さこく》」とも呼《よ》んでいたんだ。そのころ九州《きゅうしゅう》ではキリスト教徒《きょうと》の反乱《はんらん》が起《お》きていて、鎖国《さこく》したのは外国《がいこく》の文化《ぶんか》をいれないようにするためって意味《いみ》もあったの。だから……』

『ああ、なるほど』

鎖国《さこく》は日本《にほん》を守《まも》る、かたい守備《しゅび》ってわけか……。

たしかに家光《いえみつ》の指示《しじ》で動《うご》くショーグンズの守備《しゅび》は、鎖国《さこく》って名前《なまえ》がピッタリの、すごいものだった。あれじゃ点《てん》をとるのはむずかしい。

これは、ますます点《てん》をやれなくなってきた。がんばらなきゃ。と、思《おも》っていたけど……。

「なにやっとるんじゃ、虎太郎《こたろう》！」

ライトから、秀吉《ひでよし》の声《こえ》が聞《き》こえてくる。

それは注意《ちゅうい》の言葉《ことば》のようでいて、がんばれって意味《いみ》だ。それはわかってる。だけど内心《ないしん》は、ちょっとモヤモヤしていた。

なぜならぼくは先頭《せんとう》バッターの吉宗《よしむね》に、いきなりヒットを打《う》たれてしまったから。

ただ、それはぼくのボールが負《ま》けたからじゃない。

吉宗《よしむね》はピッチングがすごいけど、そのぶん打撃《だげき》はからっきし。

スイングは素人《しろうと》も同《おな》じで、上半身《じょうはんしん》と下半身《かはんしん》の動《うご》きがバラバラだった。

それはまるで子供《こども》が虫《むし》とりあみをふりまわすみたいで、そんなスイングだからあたりはボテボテの内野《ないや》ゴロ。……だったけど、ただ、ころがされた場所《ばしょ》が悪《わる》かった。

ボールがおちたのは三塁《るい》ベースの前《まえ》。

ちょうど守備《しゅび》の空白地帯《くうはくちたい》で、サードの伊達政宗《だてまさむね》が打球《だきゅう》に追《お》いついたときには、もう吉宗《よしむね》は一塁《るい》をかけ抜《ぬ》けていた。「はっはっは」ってわらいながら。

それで「クソッ」ってマウンドの土《つち》をけっていたところを、秀吉《ひでよし》に注意《ちゅうい》されたってわけ。

「しっかりせんか、虎太郎《こたろう》！　試合《しあい》のあとでバナナやるから！」

秀吉《ひでよし》は大声《おおごえ》でつづけた。でも、どうしてバナナでいけると思《おも》ったんだろう。

「くっくっく。やっとランナーをだせましたよ」

こころにあせりを感《かん》じていると、五番《ばん》の家光《いえみつ》が打席《だせき》にはいる。

「それにしても、虎太郎《こたろう》クン。ひとりランナーがでただけで、いやに動揺《どうよう》しているのですねえ。さすがは、たよりにならないエースです」

そんなことをいって、マウンドのぼくを挑発《ちょうはつ》している。

「あ、あせってなんかないよっ！　だいたい、ランナーがでたっていっても、まだ一塁《るい》じゃん。チャンスとはいえないから」

「心配《しんぱい》はいりません。チャンスはぼくちゃんの手《て》で、いまからつくりますから」

家光《いえみつ》はつめたい声《こえ》でいうと、腰《こし》をおとしてバントのかまえをとった。

——チャンスは自分《じぶん》でつくる。

ようするに、送《おく》りバントか。

たしかに成功《せいこう》したなら、ワンアウトで二塁《るい》。むこうにとってチャンスになる。よっぽど自信《じしん》があるのか……。たしかに困《こま》ったぞ……。

（虎太郎《こたろう》クン）

考《かんが》えているとキャッチャーの家康《いえやす》が、口《くち》をかたちだけ動《うご》かして、ぼくの名前《なまえ》を呼《よ》んだ。

（おちつくんだ。エースだろ）

家康《いえやす》はつづけてそう口《くち》を動《うご》かす。そして家光《いえみつ》を見《み》ながら、手《て》を下《した》にしてそれをいそがしく動《うご》かしはじめた。それは球種《きゅうしゅ》のサインで、低《ひく》めに投《な》げろっていっている。

――なるほど……。

家康《いえやす》が指示《しじ》してきたそこなら、たしかにバントはしにくいはずだ。

――よし！

「家光《いえみつ》さん！　バントなんて、成功《せいこう》させないよ！」

いって、ぼくは足《あし》を前《まえ》にふみこませる。

そして指先《ゆびさき》に気《き》を使《つか》いながら、キャッチャーミットめがけてボールを投《な》げこんだ。

――どうだ！

コントロールはかんぺき。低《ひく》めにいって、あそこならバントしにくいはずだ。しかし

……。

「フン。まああといったところですか」

家光《いえみつ》は自信《じしん》ありげにそういって、寝《ね》かせたバットをボールにあわせてくる。

「もしかして強引《ごういん》にあてるつもりっ？」

このコースの球《たま》を？　そんなのちゃんとあてられなくて、ファールになるにきまってる。

ぼくは投《な》げた体勢《たいせい》をもどしながら、そう思《おも》った。だけど、

「ここですっ！」

家光《いえみつ》は目《め》をくわっと見《み》ひらき、バットを押《お》すようにしてボールにあててくる。

むずかしいコースのはずなのに、家光《いえみつ》のバットは見事《みごと》にボールの勢《いきお》いを消《け》しさり、しかも打球《だきゅう》はワンバウンドしてから、ポーンとセカンド方向《ほうこう》へ大《おお》きくはねあがった。

「うそっ！」

ボールはもう、ぼくたちの頭《あたま》の上《うえ》だ。

こんなに大《おお》きくはねたんじゃ、送《おく》りバント成功《せいこう》まちがいなし。いや、送《おく》りバントどころか、バッターランナーの家光《いえみつ》だってセーフになりかねない！

「セカンド！　真田幸村《さなだゆきむら》さん！」

「おうっ！」

ぼくの声《こえ》に真田幸村《さなだゆきむら》はいさましくこたえ、守備位置《しゅびいち》から助走《じょそう》をつけて大《おお》きくジャンプ。そして素手《すで》でボールをつかむと、空中《くうちゅう》で体《からだ》をひねりながら一塁《るい》にそのまま送球《そうきゅう》した。

すごい！　ギリギリのプレーだ！　これなら！

「アウトォ！」

一塁塁審《るいるいしん》の青鬼《あおおに》が、手《て》を上《うえ》から下《した》にふりおろす。

——助《たす》かった……。

送《おく》りバントは成功《せいこう》させちゃったけど、一塁《るい》だけはアウトにできた。家康《いえやす》の指示《しじ》がなかったら、一塁《るい》も危《あぶ》なかったかもしれない。ワンアウト二塁《るい》なら、まだ失点《しってん》の確率《かくりつ》は……。と、そう思《おも》っていたら、

「しゃがめ！　虎太郎《こたろう》！」

一塁《るい》の信長《のぶなが》が、マウンドのぼくにむかって叫《さけ》んだ。

ぼくはなんのことかわからなかったけど、とっさにその場《ば》へしゃがみこむ。

すると信長《のぶなが》はボールをにぎり、そのまま三塁《るい》へ送球《そうきゅう》。それはビューンとぼくの頭《あたま》の上《うえ》を

とおって、サードの伊達政宗《だてまさむね》に一直線《いっちょくせん》でむかっていった。

——どうしたんだ？

ぼくには、なにが起《お》こっているのかわからない。

理由《りゆう》をさぐるようにふりむくと、三塁《るい》へ全力疾走《ぜんりょくしっそう》する吉宗《よしむね》の姿《すがた》が目《め》にはいった。

——まさか！

「送《おく》りバントで、三塁《るい》までいくつもりっ？」

「はっはっは！　そのまさかだ、虎太郎《こたろう》クン！」

吉宗《よしむね》はそういいながら、砂《すな》ぼこりをあげて三塁《るい》にスライディング。

サードの伊達政宗《だてまさむね》もボールを受《う》けとってすばやく吉宗《よしむね》にタッチしたけど、

「セーフ！　セーフ！」


三塁塁審《るいるいしん》の桃鬼《ももおに》は手《て》を横《よこ》にひろげた。

なんてことだ……。一塁《るい》はアウトになったけど……。

ワンアウトで三塁《るい》？　大《だい》ピンチじゃないか。

いや、そもそも一塁《るい》から三塁《るい》に送《おく》るような、そんなバントなんて聞《き》いたことがない！

「見《み》ましたか、虎太郎《こたろう》クン」

家光《いえみつ》が服《ふく》の泥《どろ》を払《はら》いながら、どうだって顔《かお》でぼくにいった。

「これがぼくちゃんの必殺技《ひっさつわざ》、『参勤交代《さんきんこうたい》バント』ですよ」

「さ、参勤《さんきん》交代《こうたい》？　なにそれ……？」

こめかみに冷《ひ》や汗《あせ》を流《なが》しながら、ぼくは聞《き》きかえす。

「ふっ。参勤交代《さんきんこうたい》というのは、ぼくちゃんが定《さだ》めた大名《だいみょう》たちのおきて。一年《ねん》おきに国元《くにもと》と江戸《えど》を行《い》き来《き》させて、幕府《ばくふ》に忠誠《ちゅうせい》をしめさせたのです。このバントは、大名《だいみょう》が確実《かくじつ》に江戸《えど》に送《おく》りこまれる様子《ようす》をヒントに、ぼくちゃんが編《あ》みだしたのです！」

「だ、大名《だいみょう》を……？　どうしてそんなことを……」

疑問《ぎもん》を口《くち》にすると、

『それには、目的《もくてき》があったんだよ』

ヒカルが代《か》わりにこたえてくれる。

『参勤交代《さんきんこうたい》のときにかかる旅費《りょひ》とか、江戸《えど》にいる間《あいだ》のお金《かね》とか、それらはみんな大名《だいみょう》が払《はら》ってたんだ。だから出費《しゅっぴ》がかさんで、大名《だいみょう》は力《ちから》をたくわえられなかったの。けっかとして、幕府《ばくふ》は大名《だいみょう》の反乱《はんらん》をふせぐことになったんだ』

『そ、そうなんだ』

すごい。なにもかも手《て》がたく計算《けいさん》されている。このバントだってそうだ。ここしかないって場所《ばしょ》にころがして、たぶん吉宗《よしむね》が三塁《るい》にいくまでのことも計算《けいさん》ずみだろう。

相手《あいて》は思《おも》ってたより、ずっと手《て》ごわい。いったい、どうしたら……。

「虎太郎《こたろう》クン」

目《め》の前《まえ》が暗《くら》くなるような気持《きも》ちでいると、近《ちか》くから声《こえ》をかけられる。目《め》をあげて見《み》てみると、キャッチャーの家康《いえやす》がマウンドまできていた。

「自分《じぶん》を信《しん》じるんだ。エースだろ？」

「エース？」

「そうだ。覚悟《かくご》を持《も》て」

「え、うん……」

エースというのは、チームで一番《いちばん》ピッチングがうまい選手《せんしゅ》のこと。

そうだ。エースなら、ここはきり抜《ぬ》けなきゃ。

ぼくは家康《いえやす》にむかってうなずいた。すると家康《いえやす》はニコッとわらって、キャッチャーボックスに帰《かえ》っていく。

――よし。いくぞ。

ぼくは家康《いえやす》の背中《せなか》を見《み》ながら、こころの中《なか》でそういった。


「これで、どうだっ!」

ぼくが投《な》げた全力《ぜんりょく》のボールは、バシッと音《おと》をたててキャッチャーミットにおさまった。

すると「ストライク!」という審判《しんぱん》の声《こえ》がスタジアムにひびきわたって、これでスリーアウト、チェンジ!

ファルコンズがきり抜《ぬ》けたピンチに、球場《きゅうじょう》は大《おお》きな歓声《かんせい》につつまれた。

ぼくは家康《いえやす》と笑顔《えがお》でハイタッチをかわし、ベンチにむかってはしっていく。

家光《いえみつ》のバントにはおどろいたけど、こっちだってだまってやられはしない。

ぼくは家光《いえみつ》につづく六番《ばん》、七番《ばん》を、それぞれあさいセンターフライと三振《さんしん》にとった。

ファルコンズのベンチに帰《かえ》る途中《とちゅう》、チラッと相手《あいて》のほうを見《み》ると、そこでは家光《いえみつ》が悪《わる》い目《め》つきを、より不機嫌《ふきげん》そうにゆがませている。

「ぬぬぬぬ……。虎太郎《こたろう》……。あんなマヌケな顔《かお》をしているくせにぃ……」

それはほっといてよ。と思《おも》いつつ、

——見《み》たか！

ぼくは手《て》をにぎって、小《ち》さくガッツポーズをした。

いくらバントがうまくったって、他《ほか》のひとが打《う》てなきゃ意味《いみ》がないんだ。いや、そもそも前《まえ》にランナーがいなかったら送《おく》れないし。

たよりないとか、好《す》きかってなことをいってくれたけど、ぼくは自分《じぶん》の投球《とうきゅう》だけしてればそれでいいんだから。それが家康《いえやす》のいったエースってものだよ。

「見《み》ててよ、家光《いえみつ》さん」

ぼくは相手《あいて》ベンチの家光《いえみつ》にむかっていった。

「もう打《う》たせないからね！」

3章《しょう》 ショーグンズ、その強《つよ》さの秘《ひ》密《みつ》

四回裏《かいうら》

きり抜《ぬ》けたピンチに一度《いちど》は気《き》をよくしたけど……。

この回《かい》、ぼくのこころの中《なか》には、またもモヤモヤするものがたまってきた。

四回《かい》の裏《うら》にはいると、ぼくはショーグンズ三番《ばん》バッター、徳川慶喜《とくがわよしのぶ》に内野安打《ないやあんだ》を打《う》たれてしまう。

しかも慶喜《よしのぶ》はしりかたがズルい。たしかに打席《だせき》のそばに自転車《じてんしゃ》をおいていて、なにに使《つか》うんだろうと思《おも》っていたけど……。

なんと慶喜《よしのぶ》はピョンとその自転車《じてんしゃ》にまたがって、

「いくぜ、コノヤロー！」

と、打《う》ったあとそのまま一塁《るい》にむかってこぎはじめたのだ。セカンドの真田幸村《さなだゆきむら》は懸命《けんめい》の守備《しゅび》をしたけど、一塁《るい》はギリギリセーフ。

「ズルいでござるぞ！　自転車《じてんしゃ》ではしるなどと！」

真田幸村《さなだゆきむら》が怒《おこ》る。すると秀吉《ひでよし》も、

「そうじゃぞ！　ワシなんか、信長様《のぶながさま》に曲芸《きょくげい》としてしこまれた一輪車《いちりんしゃ》しかのれないというのに！」

そういってつづくけど、ぼくがいいたいのはそういうことじゃない。たしかに慶喜《よしのぶ》のかっこう、レーサーっぽいとは思《おも》ってたんだけど……。

『慶喜《よしのぶ》さんはね』

ちぇっと舌打《したう》ちしながら一塁《るい》を見《み》ていると、ヒカルの声《こえ》が頭《あたま》にひびく。

『幕府《ばくふ》さいごの将軍《しょうぐん》で、すっごく趣味《しゅみ》が多《おお》いことで有名《ゆうめい》なんだ。幕府《ばくふ》がほろんだあとは、カメラに弓道《きゅうどう》、狩猟《しゅりょう》、油絵《あぶらえ》に、さっきのサイクリングだって趣味《しゅみ》にしていたんだよ』

『そ、そんなむかしにカメラまで？　すごい……』

っていうか、幕府《ばくふ》がなくなったからって、余生《よせい》をエンジョイしすぎでしょ。そもそも自転車《じてんしゃ》ではしるなんて……。と、そんなことを思《おも》っていたら、

「はっはっは。慶喜《よしのぶ》にやられたようだのう、虎太郎《こたろう》クン。……と、ちょっといじわるなことをいう吉宗《よしむね》であった」

四番《ばん》の吉宗《よしむね》が、堂々《どうどう》とした様子《ようす》で打席《だせき》にはいってくる。

「そ、そんなことないよ。だいたい慶喜《よしのぶ》さんのさっきのヒット、ボテボテのあたりの上《うえ》に自転車《じてんしゃ》なんかではしってさ。それでヒットにされたって、ぼくのせいじゃないから」

ぼくは手《て》をにぎって、せいいっぱい反論《はんろん》する。すると吉宗《よしむね》は、

「――なるほど」

と、なにか納得《なっとく》した表情《ひょうじょう》だ。

「なにが『なるほど』なの？」

「いや、家光公《いえみつこう》が君《きみ》を『たよりないエース』だといった意味《いみ》がわかったのだ。残念《ざんねん》だが虎太郎《たろう》クン。君程度《きみていど》では、この回《かい》のピンチをしのげないだろうな」

吉宗《よしむね》はそういってフッとわらう。そしてバットをたてて、かまえをとった。

――バカにして！

自分《じぶん》たちなんか、幕府《ばくふ》を復活《ふっかつ》させて、そこでえらそうにしたいだけのくせに！

「さっきはラッキーで打《う》ったからって、今回《こんかい》も打《う》てるとはかぎらないよ！」

ぼくは挑《いど》むようにそういうと、ボールをにぎってかまえた。そしてキャッチャーミット

をにらみつけ、背中《せなか》からまわした腕《うで》をしならせる。

――手応《てごた》えあったぞ！

ギューンとまっすぐすすむボールは、きっと今日《きょう》一番《いちばん》だ。

第一《だい》打席《だせき》を見《み》るかぎり、吉宗《よしむね》のスイングは力《ちから》まかせにふるばっかりで、たいしたことのないものだった。

どうして四番《ばん》にいるのかわからないけど、もう打《う》たせない！

「なかなかだな！　……と、思《おも》わぬ実力《じつりょく》に感心《かんしん》する吉宗《よしむね》であった！」

どうだって思《おも》っていると、吉宗《よしむね》はバットをにぎる手《て》に力《ちから》をいれて、腰《こし》をねじった。

「あてるつもりっ？」

このボールを？　そのスイングで？

まさかという思《おも》いで喉《のど》をゴクリと鳴《な》らしたら、
キィン！

するどい音《おと》が、バッターボックスから聞《き》こえてくる。

見《み》るとボールはバットの真芯《ましん》でとらえられていて、

「ぬぅん！」

と、吉宗《よしむね》はそのまま力《ちから》いっぱいフルスイング。バットにとらえた球《たま》をふっ飛《と》ばした。

「うそっ！」

あんな素人《しろうと》みたいなスイングで？

信《しん》じられない気持《きも》ちで、ぼくは打球《だきゅう》を目《め》で追《お》った。

ボールはライト方向《ほうこう》にグングンのびていき、最終的《さいしゅうてき》に外野《がいや》の壁《かべ》を直撃《ちょくげき》。ガツンと音《おと》をたてて、コロコロころがっている。

「よっしゃ、もらったぜ！」

一塁《るい》ランナーの慶喜《よしのぶ》はそれを見《み》ると、すごい勢《いきお》いで自転車《じてんしゃ》をこぎだした。

ぼくはつがあったような砂《すな》ぼこりをまいあげ、「うおおおお！」と、二塁《るい》から三塁《るい》へ、三塁《るい》からホームへと、慶喜《よしのぶ》は猛《もう》スピードでむかっていく。

残念《ざんねん》だけどタイミング的《てき》に、ホームはセーフになってしまいそうだ。ぼくはもうあきらめて、ベースカバーにはいることをしなかった。すると、

「ホームにカバーがおらん！」

ライトの秀吉《ひでよし》はそういって、必殺《ひっさつ》のバックホーム『中国大《ちゅうごくおお》がえし』を使《つか》わずに、二塁《るい》にボールをかえした。

ただ、カバーがいてもいなくても、たぶんけっかは同《おな》じ。

ぼくはにがにがしい気持《きも》ちで、ホームをとおりすぎる慶喜《よしのぶ》をながめた。

慶喜《よしのぶ》は無事《ぶじ》にホームベースをふむと、自転車《じてんしゃ》をこいだまま「よっしゃあ！」と、ハデにガッツポーズ。ショーグンズの仲間《なかま》も紙吹雪《かみふぶき》を投《な》げて慶喜《よしのぶ》をたたえているし、これじゃ、もうなんの試合《しあい》かわからない。

これで0—1。とうとうさきに点《てん》をいれられてしまったぞ。

「最悪《さいあく》だ……」

吉宗《よしむね》の素人《しろうと》みたいなスイングにゆだんしてしまったから……。

でもあれ、どうしてあんな打《う》ちかたでヒットを打《う》てたんだろう。実力《じつりょく》をかくしていたとか？　いや、そんな風《ふう》には見《み》えなかった。いったい……。

『ドンマイだよ、虎太郎《こたろう》クン！』

おちこんでいると、ヒカルがはげましてくれる。

OKEHAZAMA
Falcons

『ヒカル……。だって吉宗《よしむね》さん、あんなスイングなのに、ぼくのボールをかんぺきに打《う》ったんだよ。信《しん》じられない』

『まあまあ、気《き》にしないで。ラッキーヒットだから！』

『ラッキーなのかな？　でも二回《かい》にも打《う》たれてるし、ラッキーですませるには……』

『ラッキーはね、つづくの。吉宗《よしむね》さんの場合《ばあい》は』

ヒカルは真剣《しんけん》な声《こえ》でいった。

『どういうこと？』

『吉宗《よしむね》さんはね、じつは将軍《しょうぐん》になる可能性《かのうせい》がすごく低《ひく》いひとだったの』

『え、そうなんだ』

『でも、前《まえ》の将軍《しょうぐん》や将軍候補《しょうぐんこうほ》のひとがつぎつぎとはやくに亡《な》くなっちゃって、それで将《しょう》軍《ぐん》になることができたんだよ。そんなラッキーな体質《たいしつ》は、地獄《じごく》にきてからも変《か》わらないの！』

『え……っと、つまり……？』

いやな予感《よかん》がする。

『つまり、バットをふったところにボールがくるの！　ラッキーだから！』

『ちょっと待《ま》ってよ――――！』

ぼくはおもわずマウンドでしゃがんで頭《あたま》をかかえた。下手《へた》したらなみだがでてきそうだ。

だって、これまで地獄《じごく》でいろんな打《う》ちかたを見《み》てきたけど、さすがにこれは予想外《よそうがい》にもほどがある。運《うん》だけでスイングしたところにボールがくるとか、もうこっちの実力《じつりょく》なんて関係《かんけい》ないじゃん！

どうすればいいんだよ……。がっくりしてマウンドで肩《かた》をおとしていると、

「虎太郎《こたろう》クン」

追《お》い打《う》ちをかけるように、家康《いえやす》がこわい顔《かお》をして話《はな》しかけてきた。

「え……？　どうしたの？」

「それはワシのセリフだ。なぜさっき、ホームのベースカバーにはいらなかった？　秀吉《ひでよし》

どのがバックホームできなかったではないか」

「？　だって、秀吉《ひでよし》さんがホームに投《な》げていても、タイミングは絶対《ぜったい》にセーフだよ。カバーにはいったって、意味《いみ》ないもん」

「バカな」

家康《いえやす》はため息《いき》をつきながら、首《くび》を横《よこ》にふった。

「可能性《かのうせい》が低《ひく》くても、なにがあるかわからん。失点《しってん》しないようにがんばるのがエースの責任《せきにん》じゃ。虎太郎《こたろう》クンには、エースの使命《しめい》というものがあるんだぞ」

「使命《しめい》っていわれても……」

エースはチームで一番《いちばん》ピッチングがうまいってことでしょ？　ちがうの？

「とにかく！　これからはちゃんと責任《せきにん》あるプレーをするんじゃ！　ファルコンズのエースとしてな！」

家康《いえやす》はそういって、キャッチャーボックスにひっこんでいった。そして、ぼうぜんとそれをながめているぼく。

なんだか、母《かあ》さんにも同《おな》じようなことをいわれた気《き》がするけど……。

でも、やっぱりエースだからっていわれても、よくわからないよ。ピンとこない。

それよりも……。

「くく……。いよいよ、ぼくちゃんたちのおそろしさがわかりはじめたようですね」

そういいながら、打席《だせき》には家光《いえみつ》がはいってくる。いまは、このひとをなんとかしなきゃ。

さあ、どうしよう。またあのバントをしてくるのかな。ランナーがふたつも塁《るい》をすすんじゃう、あの参勤交代《さんきんこうたい》バント……。

ふたつも……。

え？ ふたつ、すすむ……？

それを思《おも》いだすと、ぼくの体《からだ》はおもわずかたまってしまう。そして顔《かお》が青《あお》くなっていくのが、自分《じぶん》でもわかった。

だってランナー二塁《るい》のいま、バントでふたつ進塁《しんるい》しちゃうってことは……。

「どうやら気《き》がついたようですねえ」

ニヤリと不気味《ぶきみ》にわらう家光《いえみつ》。そしてバットを寝《ね》かせて、腰《こし》をおとした。やっぱり、バントのかまえだ。

「今回《こんかい》は参勤交代《さんきんこうたい》バントではなく、参勤交代《さんきんこうたい》スクイズってことになりますか。二塁《るい》ランナーの吉宗《よしむね》をかえして、二点差《てんさ》とさせていただきますよ」

「そ、そうはさせないからっ」

ぼくは大《おお》きな声《こえ》でいいかえす。

だって、そんなことがあっていいわけないじゃないか！　みんなが警戒《けいかい》する中《なか》で、二塁《るい》のランナーを、バントでホームまでかえすなんて……。

見《み》てろ。さっきの言葉《ことば》を、とりけさせてやるぞ。

ぼくはふうと息《いき》をつきながらそう思《おも》い、

「だあっ！」

と、家光《いえみつ》に全力《ぜんりょく》のボールを投《な》げこんだ。

七回表《かいおもて》

……二点差《てんさ》になってしまった。

やっぱり家光《いえみつ》がしかけてくる、あの参勤交代《さんきんこうたい》バントは強力《きょうりょく》だ。守備《しゅび》が前《まえ》にいけばそのうしろへ。うしろへさがればその前《まえ》にって、そんなすき間《ま》をねらって、いやな場所《ばしょ》に確実《かくじつ》にころがしてくる。

ショーグンズは、思《おも》っていたよりずっとずっと手《て》ごわい相手《あいて》だった。ハデに大量得点《たいりょうとくてん》！とかはないけど、とても手《て》がたい野球《やきゅう》をしてくる。

とくに鎖国守備《さこくしゅび》はやっかいだ。打者《だしゃ》によって家光《いえみつ》が野手《やしゅ》の位置《いち》を指示《しじ》して、守備《しゅび》を右《みぎ》に寄《よ》せたり左《ひだり》に寄《よ》せたりと、変幻自在《へんげんじざい》。

本当《ほんとう》にそろそろ点《てん》をとらないと、このままズルズル負《ま》けてしまう。ぼくに文句《もんく》をいう前《まえ》に、なんとか打者《だしゃ》にがんばってほしいところだけど……。

「さあ、こい、吉宗《よしむね》！」

回《かい》はすすみ、七回表《かいおもて》。打席《だせき》から大《おお》きな声《こえ》で挑発《ちょうはつ》しているのは秀吉《ひでよし》だ。

まったく打《う》てないのに、どうしてこれだけ強気《つよき》なのか、ぼくにはわからない。

そんなバッティングの秀吉《ひでよし》がどうしてはりきっているのかというと、いま、ヒットとフォアボールがからんで、チャンスがようやくめぐってきたからだ。変幻自在《へんげんじざい》の鎖国守備《さこくしゅび》でツーアウトをとられたけど、満塁《まんるい》の大《だい》チャンスだ。

秀吉《ひでよし》、たまには打《う》ってほしい……。ベンチに座《すわ》ってねがっていると、いきなりぼくの体《からだ》が、大《おお》きなかげにおおわれる。

「どうだ。ショーグンズは」

目《め》をあげると、信長《のぶなが》がぼくの前《まえ》にたちはだかっていた。

「うん……。思《おも》ってたより強《つよ》くて、ビックリしてる」

「そうか」

そう返事《へんじ》をすると、信長《のぶなが》はぼくのとなりに腰《こし》をおろした。

「強《つよ》いと感《かん》じるのは、ヤツらのどのあたりだ？」

信長《のぶなが》は前《まえ》をむいて聞《き》いてくる。グランドでは秀吉《ひでよし》が空《から》ぶりして、しりもちをついているところだった。

「……いまみたいなチャンスでも、点《てん》がはいる気《き》がしないところかな」

「鎖国守備《さこくしゅび》と暴《あば》れんボールか」

「うん。とくに家光《いえみつ》さんの守備陣《しゅびじん》への指示《しじ》はかんぺきだし、守《まも》りがかたすぎるよ」

たしかに吉宗《よしむね》の暴《あば》れんボールは荒《あ》れ球《だま》だからコントロールがあまくなることもあって、ちょくちょくフォアボールで塁《るい》にはでている。

だけどこれまでで、ファルコンズのヒットは三本《ぼん》。かんじんなところでいいあたりがあっても、ファインプレーにはばまれて得点《とくてん》はまだできていない。

「ふむ」

信長《のぶなが》はヒゲをさすった。そしてチラッとぼくを見《み》る。

「虎太郎《こたろう》よ。どうしてショーグンズがあれだけの守《まも》りをほこっているか、興味《きょうみ》はあるか？」

「え、もちろん。教《おし》えてくれるの？」

「ああ」

信長《のぶなが》はそう返事《へんじ》をして、そしてマウンドの吉宗《よしむね》に視線《しせん》をうつした。そして腕《うで》をくみなおすと、ショーグンズについて語《かた》りはじめる。

「まず、ショーグンズにいる幕府《ばくふ》の将軍《しょうぐん》たちは、自分《じぶん》たちがきずいた江戸《えど》時代《じだい》の文化《ぶんか》や平和《へいわ》に、とてつもなくふかい愛情《あいじょう》がある。わが子《こ》どうぜんのな」

「江戸《えど》時代《じだい》？　よく知《し》らないんだけど、そのころの日本《にほん》は平和《へいわ》だったの？」

「はじまりと終《お》わりは荒《あ》れたがな。それ以外《いがい》は、おおむね平穏《へいおん》だった。結果的《けっかてき》に２６０年《ねん》つづいたそれは、おそらくヤツらのほこりだろう」

「でも……、それも終《お》わっちゃうんだよね？」

「そうだ」

信長《のぶなが》は声《こえ》をひとつ低《ひく》くした。

「黒船《くろふね》の来襲《らいしゅう》や時代《じだい》の変化《へんか》で、江戸《えど》幕府《ばくふ》はあっけなくたおれてしまう。そこから日本《にほん》の近代化《だいか》がはじまるわけだが……」

「わけだが？」

顔《かお》をのぞきこんで聞《き》くと、信長《のぶなが》はため息《いき》のような呼吸《こきゅう》を、ふうとはきだした。

「ショーグンズのメンバーたちは、いまの日本《にほん》の社会《しゃかい》を見《み》て責任《せきにん》を感《かん》じておるのじゃ。自《じ》分《ぶん》たちがつくった文化《ぶんか》が乱《みだ》されている、このままでは平和《へいわ》も――、とな」

「そんなことに、責任《せきにん》を……」

ちょっと、意外《いがい》だった。てっきり江戸幕府《えどばくふ》を復活《ふっかつ》させて、またえらそうに生活《せいかつ》したいんだと思《おも》っていたけど……。

それに現代《げんだい》のことは、どう考《かんが》えても江戸《えど》時代《じだい》の将軍《しょうぐん》たちのせいじゃない。もしいま、現世《げんせ》で平和《へいわ》がどうこうってなったら、それは現代《げんだい》を生《い》きるぼくたちが考《かんが》えなくちゃいけないことだ。

それなのに……。ショーグンズのみんな、すごい責任感《せきにんかん》じゃないか。

「だからショーグンズは江戸幕府《えどばくふ》を現代《げんだい》までつづけさせ、日本《にほん》の文化《ぶんか》を外国《がいこく》から守《まも》ることを使命《しめい》だと思《おも》っているのだ。そのために、外国《がいこく》のものは受《う》けつけないというルールを破《やぶ》ってまで、野球《やきゅう》を覚《おぼ》えた」

「そ、そんなこと……」

すさまじい覚悟《かくご》だ……。

「ヤツらは真剣《しんけん》なのだ。そしてそれが執念《しゅうねん》となり、その執念《しゅうねん》を力《ちから》としている。守備重視《しゅびじゅうし》の野球《やきゅう》スタイルも、日本《にほん》を守《まも》るという使命感《しめいかん》からだ」

「……なんか、すごい一生懸命《いっしょうけんめい》だな、とは思《おも》っていたんだ。そういう理由《りゆう》なんだね」

「ああ。勝《か》つには作戦《さくせん》が必要《ひつよう》だろう」

「……どんな？」

「江戸幕府《えどばくふ》をたおすのは、『王政復古《おうせいふっこ》の大号令《だいごうれい》』しかない。むかしからそうきまっておる」

「王政復古《おうせいふっこ》の大号令《だいごうれい》？」

質問《しつもん》をすると、

『あたしが教《おし》えてあげる』

となりのヒカルがテレパシーを使《つか》ってくる。信長《のぶなが》との会話《かいわ》をじゃましないようにしてくれているんだ。

『あのね。たおれる前《まえ》の幕府《ばくふ》が苦《くる》しまぎれにだした作戦《さくせん》を、「大政奉還《たいせいほうかん》」っていうの。江《え》戸幕府《どばくふ》は朝廷《ちょうてい》に政治《せいじ》をかえします。でも、政治《せいじ》をする仲間《なかま》にはいれてくださいって考《かんが》えだったんだけど』

『なるほど』

頭《あたま》がいいなあ、江戸幕府《えどばくふ》。朝廷《ちょうてい》に政治《せいじ》をかえしたって、徳川家《とくがわけ》を無視《むし》するわけにもいかないだろうし。

『でもね、討幕派《とうばくは》は負《ま》けじと、「王政復古《おうせいふっこ》の大号令《だいごうれい》」をだしたんだよ。意味《いみ》は、これからは天皇中心《てんのうちゅうしん》の政治《せいじ》をします。徳川家《とくがわけ》抜《ぬ》きでやりますよってこと』

『あ、それなら』

『そう。それがきっかけで幕府《ばくふ》と新政府軍《しんせいふぐん》との「戊辰戦争《ぼしんせんそう》」っていうのがはじまるんだ。そしてそれに負《ま》けて、江戸幕府《えどばくふ》は終《お》わっちゃったってわけ』

『なるほど……』

ぼくはヒカルにそう返事《へんじ》をして、

「でも、野球《やきゅう》で王政復古《おうせいふっこ》ってどういうこと？」

信長《のぶなが》にはそう質問《しつもん》をする。

「見《み》ていればわかる。それよりも、虎太郎《こたろう》よ」

信長《のぶなが》は、また空《から》ぶりして、顔《かお》を真《ま》っ赤《か》にしている秀吉《ひでよし》を見《み》ながら、そういった。

「ワシは思《おも》う。ショーグンズとの勝負《しょうぶ》は、いまの貴様《きさま》にとって必要《ひつよう》なものだと」

「ぼくにとって？」

聞《き》きかえすと、信長《のぶなが》はコクリとうなずく。

でも、いわれたぼくは、おもわずムッとしてしまう。だってムリヤリこんなところで野《や》球《きゅう》をやらされて、それがぼくにとって必要《ひつよう》なんていわれても……。

「やりたくないから、などという口実《こうじつ》は、けっして責任《せきにん》を消《け》しさるものではない。貴様《きさま》はやりたいことだけやって生《い》きていくつもりか？」

信長《のぶなが》がギロリとぼくを見《み》ていった。

——見抜《みぬ》かれてる……。

ぼくは逃《に》げるように、視線《しせん》を信長《のぶなが》からそらす。すると信長《のぶなが》はまた、ふうと息《いき》をはいた。

「——まあ、いまはわからんだろう。しかし貴様《きさま》がそのままでは、この試合《しあい》の勝利《しょうり》はない。よく考《かんが》えろ」

信長《のぶなが》はきっぱりと口《くち》にすると、マントをなびかせてたちあがった。そして、

「作戦会議《さくせんかいぎ》をひらく！」

と、ファルコンズのみんなにむかって、声《こえ》をはりあげる。

するとその声《こえ》にビックリしたのか、打席《だせき》の秀吉《ひでよし》は暴《あば》れんボールをひっかけちゃって、サードゴロ。アウトになって帰《かえ》ってきて、ヘラッとわらった。

もしかすると、それでアウトになったのをごまかしたつもりかもしれないけど、信長《のぶなが》のこめかみにいかりの青筋《あおすじ》がうかんでいるのを、ぼくは見逃《みのが》さなかった。

4章《しょう》　ファルコンズ、絶体絶命《ぜったいぜつめい》！

	1	2	3	4	5	6	7	8	9	計	H	E
桶狭間	0	0	0	0	0	0	0			0	3	0
日　光	0	0	0	2	0	0	0			2	6	0

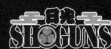

OKEHAZAMA Falcons

1	豊臣	秀吉	右
2	徳川	家康	捕
3	前田	慶次	左
4	織田	信長	一
5	真田	幸村	二
6	井伊	直虎	中
7	伊達	政宗	三
8	毛利	元就	遊
9	山田虎太郎		投

B
S
O

UMPIRE

CH	1B	2B	3B
赤	青	黒	桃
鬼	鬼	鬼	鬼

日光 SHOGUNS

1	徳川	綱吉	左
2	徳川	家重	三
3	徳川	慶喜	一
4	徳川	吉宗	投
5	徳川	家光	捕
6	徳川	家継	二
7	徳川	家茂	中
8	徳川	家定	右
9	徳川	家宣	遊

八回表《かいおもて》

七回裏《かいうら》と八回表《かいおもて》の間《あいだ》。

ファルコンズはベンチ前《まえ》で、円陣《えんじん》をくんだ。

「――して、信長様《のぶながさま》、作戦《さくせん》とは？」

いつになくキリッとした顔《かお》で、秀吉《ひでよし》が信長《のぶなが》に聞《き》いた。

本人《ほんにん》はカッコよくきめているつもりかもしれないけど、でも、さっき信長《のぶなが》のゲンコツでできた大《おお》きなたんこぶが、どうしてもわらいを誘《さそ》う。

「うむ。では、よいな」

信長《のぶなが》はみんなを見《み》まわすと、コホンとせきばらいをした。

「貴様《きさま》らもこれまでの流《なが》れでわかっていると思《おも》うが、ショーグンズの守備《しゅび》はレベルが高《たか》い。おそらく、これまで戦《たたか》ったチームのどこよりも」

その言葉《ことば》に、全員《ぜんいん》がうなずく。

「とくに外野《がいや》じゃ。センターを守《まも》る家茂《いえもち》は外野《がいや》の壁《かべ》にぶつかってもボールをキャッチするし、レフトを守《まも》る犬《いぬ》の綱吉《つなよし》は、ボールの空中《くうちゅう》キャッチがとくいだ」

たしかに。綱吉《つなよし》（犬《いぬ》）は、外野《がいや》フライをキャッチしたらオヤツをもらえるみたいで、いつもすごいはりきってる。

「しかし、だ」

信長《のぶなが》はここで言葉《ことば》をきると、またせきばらいをした。

「いいか。ライトの家定《いえさだ》だけは、まだそれほど活躍《かつやく》していない」

信長《のぶなが》がいうと、みんなはチラッと相手《あいて》ベンチの家定《いえさだ》を見《み》た。そこではライトの家定《いえさだ》が、みんなに手料理《てりょうり》を押《お》しつけようとして迷惑《めいわく》がられている。

どうも料理好《りょうりず》きみたいだ。そういえばこの試合《しあい》、家定《いえさだ》だけ、あんまりハデなファインプレーを見《み》ていない。料理《りょうり》に夢中《むちゅう》で野球《やきゅう》に集中《しゅうちゅう》できてないのかも。

――信長《のぶなが》のいうとおりだ。それなら……。

「だからこれより、バッティングは徹底《てってい》したライトねらいでいく。よいな！」

信長《のぶなが》がかくにんするようにいうと、

『おう！』

ファルコンズは口《くち》をそろえて返事《へんじ》をした。

「これまでヒットは三本《ぼん》じゃったが、ようやく点《てん》がはいるかもしれぬな」

「ああ。あのかたい守《まも》りにも、弱点《じゃくてん》はあったというわけじゃ」

円陣《えんじん》がとけると、みんなも明《あか》るい表情《ひょうじょう》で話《はなし》をする。八回《かい》にして、ようやくショーグンズの突破口《とっぱこう》が見《み》えてきた。なにせ、信長《のぶなが》が編《あ》みだした作戦《さくせん》なんだ。

これなら、きっといける。

さあ、それならあとは味方《みかた》に点《てん》をとってもらうだけだ。はやくしてくれないと、試合《しあい》に負《ま》けちゃっても知《し》らないよ。

ぼくがそんなことを思《おも》っていると、

「信長様《のぶながさま》」

秀吉《ひでよし》が信長《のぶなが》の前《まえ》にひざまずいて、なにかを報告《ほうこく》するように話《はな》しかけた。

「あの者《もの》から連絡《れんらく》がありました。おそらく九回《かい》にはまにあうだろうと」

「そうか」

信長《のぶなが》は一言《ひとこと》で返事《へんじ》をした。そしてベンチにはいり、水《みず》を口《くち》にする。

あの者《もの》？　誰《だれ》か助《すけ》っ人《と》を呼《よ》んでるのかな？　それとも知《し》りあいを客席《きゃくせき》に招待《しょうたい》しているのかな？

ぼくはそう思《おも》いながら、味方《みかた》の攻撃《こうげき》を見《み》ていた。

だけど、けっかはいままでと変《か》わらず。

おしいところまでいったけど、やっぱりショーグンズのかたい守備《しゅび》はすごい。信長《のぶなが》のライトねらいも、家光《いえみつ》に読《よ》まれて守備《しゅび》をライト寄《よ》りにされてしまったし。

八回《かい》を終《お》わって、ファルコンズはまだ0点《てん》。

「かなり、ヤバいね……」

ぼくがつぶやくと、となりにいた家康《いえやす》が、青《あお》い顔《かお》をしてうなずいた。

九回表《かいおもて》

泣《な》いてもわらっても、同点《どうてん》にならないかぎり、ここが最終回《さいしゅうかい》。

そしてファルコンズは二点負《てんま》けたまま。

なんとかして点《てん》をいれたいところだけど……。

「なんてことだ……」

ぼくは頭《あたま》をかかえて、一塁《るい》ベースでうずくまっていた。

「はっはっは。虎太郎《こたろう》クンよ。どうだ、バントを失敗《しっぱい》した気分《きぶん》は……と、傷口《きずぐち》に塩《しお》をていねいに塗《ぬ》りこむ吉宗《よしむね》であった」

吉宗《よしむね》はマウンドでロージンバッグをポンポンしながら、ぼくにそういってきた。くやしいけど、なにも反論《はんろん》がうかばない。

この回《かい》、せっかく先頭《せんとう》の毛利元就《もうりもとなり》がフォアボールを選《えら》んだのに、よりにもよって打順《だじゅん》はぼくにまわってくる。

打撃《だげき》がにがてなぼくには、ダブルプレーをふせぐためにバントのサインがでたけど、吉《よし》宗《むね》の暴《あば》れんボールにビビっちゃって、まんまと失敗《しっぱい》。毛利元就《もうりもとなり》を送《おく》れずに、ぼくが一塁《るい》にのこっちゃった。

「なさけないヤツじゃ、虎太郎《こたろう》!」

くやしさと恥《は》ずかしさで下《した》をむいていると、秀吉《ひでよし》がそういって打席《だせき》にはいってくる。

しょうじき、秀吉《ひでよし》だけにはいわれたくなかった。

「えらそうにいわないでよ！　秀吉《ひでよし》さんなら失敗《しっぱい》しなかったの？」

一塁《るい》から声《こえ》を荒《あら》らげると、

「あったり前《まえ》じゃ！　ハナクソ食《た》べながらでも楽勝《らくしょう》じゃ！」

秀吉《ひでよし》はきっぱりいいきる。

なんだ？　その自信《じしん》は……。ひょっとしてすごい作戦《さくせん》でもあるのかな？　秀吉《ひでよし》なのに？

でもハナクソは食《た》べないでね。

そう思《おも》っていたら、

「ストライク！　バッターアウト！」

あっけなく三振《さんしん》する秀吉《ひでよし》。でもこっちを見《み》てニヤッとわらっている。

「どうしたの？　秀吉《ひでよし》さん。三振《さんしん》したのにわらって……。ついにこわれたの？」

「バカ者《もの》。どうじゃ。三振《さんしん》にはなったが、バントは失敗《しっぱい》せんかったじゃろ？」

秀吉《ひでよし》はそういって、とくい顔《がお》をぼくに見《み》せた。とうぜん、ベンチで信長《のぶなが》のゲンコツを食《く》らっていた。

うう……。こんなことで、もうツーアウトになってしまうなんて……。

頭《あたま》が痛《いた》くなってくるけど、でも、ぼくのそんな絶望感《ぜつぼうかん》をよそに、スタジアムは大《おお》もりあがり。

あっとひっとり！

あっとひっとり！

球場《きゅうじょう》には、ショーグンズへのそんなコールが大量《たいりょう》に降《ふ》りそそいでくる。吉宗《よしむね》もスタンドのそれを受《う》けとめて、表情《ひょうじょう》でこたえていた。

クソ……。このまま終《お》わるのか？　まだまだ野球《やきゅう》がやりたいのに……。

いやだよ……。負《ま》けたくない……。くやしさをかみしめると、なんだか変《へん》なモヤモヤが、まるでけむりのように、こころの中《なか》へ生《う》まれてきた。

なにかをやりのこしたような、そんな感《かん》じ。いったいこれ、なんだろう？

自分《じぶん》の中《なか》をのぞきこむように考《かんが》えていると、

「まだ、終《お》わらせはせんよ」

真剣《しんけん》な声《こえ》と表情《ひょうじょう》で、徳川家康《とくがわいえやす》が打席《だせき》にはいってくる。いつにない緊張感《きんちょうかん》で、周囲《しゅうい》の空気《くうき》がピリピリしているのがわかるほど。

「権現様《ごんげんさま》。いよいよ我《われ》らとの決着《けっちゃく》のときがきましたな」

「ああ。ショーグンズが負《ま》けるというけっかだがな」

家康《いえやす》はそういって、グッとバットをにぎった。そしてバッターボックスから吉宗《よしむね》をにらみつける。――ほのおのような、すごい迫力《はくりょく》だ……。

「さすがは権現様《ごんげんさま》。見事《みごと》なご覚悟《かくご》。相手《あいて》にとって不足《ふそく》なし！」

「こい、吉宗《よしむね》！」

マウンドとバッターボックス、ふたりの視線《しせん》に火花《ひばな》がちると、吉宗《よしむね》はふとももをゆっくりとあげ、ボールをにぎった腕《うで》をうしろにまわす。そして、

「暴《あば》れんボール！」

と、目《め》にもとまらない速《はや》さで、その腕《うで》を前《まえ》にふり抜《ぬ》いた。

指先《ゆびさき》からはなたれたボールは風《かぜ》をきりさく音《おと》をたてながら、えぐるように徳川家康《とくがわいえやす》の体《からだ》の近《ちか》くにむかっていく。

「危《あぶ》ない、家康《いえやす》さん！」

ぼくはおもわず叫《さけ》ぶ。しかし、

「なんの！」

家康《いえやす》は体《からだ》をぐるんとまわすと、腕《うで》をたたんで小《ちい》さくバットをスイング。

それはインコースを攻《せ》めた暴《あば》れんボールを、ライト方向《ほうこう》へ強引《ごういん》に弾《はじ》きかえした。

「すごいっ！」

ぼくは打球《だきゅう》を見《み》ながらはしりだす。

徳川家康《とくがわいえやす》のはなったゴロは速《はや》くてするどく、ふつうなら一、二塁間《るいかん》を抜《ぬ》けて完全《かんぜん》にヒットになるあたり。だけど……！

だけど、ショーグンズの守備《しゅび》は信長《のぶなが》の『ライトねらい作戦《さくせん》』への対策《たいさく》で、あらかじめライト寄《よ》りにしてあった。――マズい！

「セカンド！　家継《いえつぐ》！」

家光《いえみつ》の叫《さけ》びがひびくと、セカンドの家継《いえつぐ》はボールにむかって横《よこ》っ跳《と》び。

グルグルとグラウンドをころがりながらキャッチすると、すばやく起《お》きあがって一塁《るい》に送《そう》球《きゅう》した。それはかんぺきなプレーで、誰《だれ》もが家康《いえやす》のアウトと、そしてこの試合《しあい》のゲームセットを確信《かくしん》するほど。

——だけど、

「させるかあっ！」

家康《いえやす》はずんぐりした体《からだ》をゆらして全力疾走《ぜんりょくしっそう》しながら、ちょうど岩《いわ》がころがるみたいに、と、一塁《るい》ベースへ頭《あたま》からつっこんでいく。その懸命《けんめい》なヘッドスライディングに、

「だあっ！」

「セーフ！」

一塁塁審《るいるいしん》の青鬼《あおおに》は、大《おお》きく腕《うで》を横《よこ》にひらいた。家康《いえやす》の、勝《か》ちだ！

「クソッ！　やはり権現様《ごんげんさま》。侮《あなど》れぬ！」

吉宗《よしむね》はくやしそうな顔《かお》をして、グラブをたたいた。この試合《しあい》ではじめて見《み》る表情《ひょうじょう》だ。

でも、その気持《きも》ちはぼくも同《おな》じ。家康《いえやす》のその必死《ひっし》のはしりを見《み》て、こころを打《う》たれずにはいられない。

ぜえぜえと息《いき》をきらせ、顔中汗《かおじゅうあせ》まみれの泥《どろ》まみれの家康《いえやす》。しんどそうにようやく一塁《るい》

ベースの上《うえ》でたちあがっている姿《すがた》は、自分《じぶん》にないものを見《み》るようだった。

「家康《いえやす》さん……」

なんてプレーなんだろう……。

ぼくは二塁《るい》ベースの上《うえ》で、ただぼうぜんと家康《いえやす》を見《み》ていた。いや、もしかして見《み》とれていた、っていったほうが正《ただ》しいかもしれない。

だってショーグンズの守備《しゅび》はかんぺきだった。あんなプレーをされたんじゃ、家康《いえやす》がアウトになったって誰《だれ》も責《せ》めない。それなのに……。

『ワシは正《ただ》しいと信《しん》じる、ファルコンズの使命《しめい》をはたすだけだ』

試合開始《しあいかいし》のとき、家康《いえやす》がいった言葉《ことば》が、ぼくの頭《あたま》によみがえる。

もしかしていまのこれが、あのときにいっていた使命《しめい》なんだろうか。その使命《しめい》が、家康《いえやす》を強《つよ》くしているんだろうか。

それなら、家康《いえやす》がいっていたぼくの使命《しめい》……。ぼくにはぜんぜんわからなかった、エースとしての……。

「ぼやっとするな、虎太郎《こたろう》！」

考《かんが》えていると、ファルコンズベンチから注意《ちゅうい》が飛《と》ぶ。ハッとして前《まえ》をむくと、もう試合《しあい》が再開《さいかい》されるすんぜんだった。

「ご、ごめん」

ぼうしをかぶりなおして、ぼくは気《き》をとりなおす。

自分《じぶん》のことをちゃんと考《かんが》えなきゃいけないと思《おも》ったけど、でもいまは試合《しあい》に集中《しゅうちゅう》だ。

家康《いえやす》が出塁《しゅつるい》したおかげで、ファルコンズは同点《どうてん》のランナーをだしたことになる。

そしてつぎのバッターは前田慶次《まえだけいじ》。

ここで長打《ちょうだ》がでれば同点《どうてん》。一発《いっぱつ》があれば逆転《ぎゃくてん》だ。いやでも期待《きたい》してしまうけど……。

「タイム！　代打《だいだ》だ」

信長《のぶなが》の声《こえ》がひびく。なんだろうと思《おも》って二塁《るい》からベンチを見《み》ると、

「前田慶次《まえだけいじ》に代《か》えて、バッター、島津義久《しまづよしひさ》！」

その声《こえ》とともにグランドへはいってきたのは、ボロボロの鎧《よろい》に顔《かお》にたくさんの傷《きず》。そし

てチョンマゲがほどけて髪《かみ》がバサバサになった、ザ・落《お》ち武者《むしゃ》って感《かん》じのひと。

スタジアムの観客《かんきゃく》もそれを見《み》ると、ざわざわしだしておちつかない様子《ようす》になる。

でも、ぼくにはその姿《すがた》や名前《なまえ》に覚《おぼ》えがあった。島津義久《しまづよしひさ》って、まさか……！

『そのまさかだよ！』

頭《あたま》の中《なか》にひびくヒカルの声《こえ》。

『島津義久《しまづよしひさ》さん、前《まえ》にファルコンズにいた戦国武将《せんごくぶしょう》でまちがいないよ！　信長《のぶなが》さんの金平《こんぺい》糖《とう》を盗《ぬす》み食《ぐ》いして怒《おこ》られてから、ずっと山《やま》ごもりして逃《に》げていたんだけど……』

『そ、そんなことで山《やま》ごもりしてたんだ……。あんな姿《すがた》になって……』

なんだかホロリとくる、もの悲《がな》しいものがある。

『でも、この試合《しあい》で活躍《かつやく》したら許《ゆる》してやるっていわれて、もどってきたみたい！　だいぶ野生化《やせいか》してるけど！』

ヒカルはこうふんした口調《くちょう》でいった。

見《み》てみると、たしかに島津義久《しまづよしひさ》は前《まえ》よりも目《め》つきが野生動物《やせいどうぶつ》のようにすさんでいる。息《いき》も「ふしゅー、ふしゅー」ってマスクをかぶったみたいだし、持《も》っているバットで、その

ままピッチャーにおそいかかりそう。

「義久《よしひさ》よ！　すべきことはわかっておるな！」

信長《のぶなが》は打席《だせき》にはいる島津義久《しまづよしひさ》に、ベンチに座《すわ》ったまま声《こえ》をかけた。島津義久《しまづよしひさ》もコクリとおとなしくうなずいているし、なんだか猛獣使《もうじゅうつか》いと野獣《やじゅう》みたい。

「はっはっは。誰《だれ》がバッターであろうと同《おな》じこと。聞《き》こえぬか、このコールが……といって、耳《みみ》をすませる吉宗《よしむね》であった」

吉宗《よしむね》がそういって耳《みみ》に手《て》をやると、場内《じょうない》の『あとひとり』コールはさらに大《おお》きくなる。

でも島津義久《しまづよしひさ》は、

「こざかしかこつしとらんで、はやく投《な》げんさい！」

と、すごい目《め》つきで吉宗《よしむね》をにらみつけた。

『ヒ、ヒカル、さっきの、なんていったの？』

ぼくは二塁《るい》ベースの上《うえ》から、ヒカルに聞《き》く。

『おりこうさんぶってないで、はやく投《な》げなさいって意味《いみ》。野生化《やせいか》してむかしにもどって、薩摩《さつま》にいたころの方言《ほうげん》がでたんだよ』

『そうなんだ……』

なんか、すごい。声《こえ》も大《おお》きいし、野生《やせい》がばくはつしてる感《かん》じ。

『でも……、どうしていま、代打《だいだ》に島津義久《しまづよしひさ》さんなんだろう。前田慶次《まえだけいじ》さんの打撃《だげき》だって、あたればすごいのに……』

『それは、あたしにもわからないけどさ。もしかしたら島津義久《しまづよしひさ》さんが、薩摩藩《さつまはん》の基礎《きそ》をつくったひとだからかもね』

『薩摩藩《さつまはん》の？　それってすごいの？』

『もちろん！』

ヒカルの声《こえ》が大《おお》きくなる。

『だって薩摩藩《さつまはん》は、倒幕運動《とうばくうんどう》に積極的《せっきょくてき》だった藩《はん》なんだよ。信長《のぶなが》さんがいっていた「王政復《おうせいふっ》古《こ》の大号令《だいごうれい》」も、薩摩藩《さつまはん》と長州藩《ちょうしゅうはん》が中心《ちゅうしん》になってだしたものなんだ』

『えっ。そうなんだ』

王政復古《おうせいふっこ》の大号令《だいごうれい》って、たしか徳川《とくがわ》がいない政治《せいじ》をしようってアレだっけ。信長《のぶなが》は、それでショーグンズをたおすっていってた気《き》がする。

それなら、この代打《だいだ》にでてきた島津義久《しまづよしひさ》が薩摩藩《さつまはん》の基礎《きそ》をつくったってことも……。

「はっはっは。島津義久《しまづよしひさ》よ。そんなボロボロのいでたちで余《よ》のボールを打《う》とうなどと、不《ふ》届《とど》き千万《せんばん》。かえりうちにしてくれる！」

「うーさい！　かかってこいぃ！」

島津義久《しまづよしひさ》もギラつく視線《しせん》で応《おう》じる。すると吉宗《よしむね》はいつものようにかまえて、

「成敗《せいばい》！」

と、ダイナミックなフォームで、その指先《ゆびさき》からビュッと暴《あば》れんボールをはなった。

ぼくはゴクリとつばを飲《の》みこんで、勝負《しょうぶ》を見守《みまも》る。

暴《あば》れんボールはまた打者《だしゃ》に近《ちか》いところを攻《せ》めていて、島津義久《しまづよしひさ》のお腹《なか》のあたりにむかっているけど……。

「せからしか！」

野生化《やせいか》した島津義久《しまづよしひさ》は、ボールをぜんぜんこわがらない。歯《は》を食《く》いしばって足《あし》をふみこませると、

「王政復古《おうせいふっこ》の大《だい》スイング！」

と、ボールをひっぱたくように、バットをフルスイング。

ボールは大砲《たいほう》をうったような音《おと》をあたりにひびかせて、すさまじいライナーでレフト方向《ほうこう》にむかっていった。

「クソッ！」

家光《いえみつ》はあわててキャッチャーマスクをぬいだ。そして、

「レフト！　綱吉《つなよし》！」

と守備《しゅび》に指示《しじ》を送《おく》る。だけどライトに寄《よ》せていた守備《しゅび》では、さすがの綱吉《つなよし》（犬《いぬ》）もレフト側《がわ》のボールに追《お》いつけない。打球《だきゅう》は外野《がいや》の壁《かべ》に届《とど》く長打《ちょうだ》になった。

二塁《るい》にいたぼくは、打球《だきゅう》を見《み》ながらはしりだす。すると、

「まわれまわれ！」

ファルコンズベンチから、こうふんした口調《くちょう》の声《こえ》が聞《き》こえてきた。

「うおおお！」

――ぼくだって、勝《か》ちたいんだ！

こころの中《なか》でそう叫《さけ》びながら、ぼくは勢《いきお》いをつけてホームベースにスライディング。

家光《いえみつ》も懸命《けんめい》に腕《うで》をのばしてぼくにタッチするけど、

「セーフ！　セーフ！」

審判《しんぱん》の赤鬼《あかおに》は、手《て》をまっすぐ横《よこ》にひろげた。

ついに一点《いってん》！

まだ負《ま》けているけど、ついに一点《いってん》がはいった！

0がつづくスコアボードに、やっとそれ以外《いがい》の数字《すうじ》を刻《きざ》みこんだ！　逆転勝利《ぎゃくてんしょうり》に、のぞみをつないだぞ！

「やったあ！」

ぼくは跳《と》びはね、ベンチにいる仲間《なかま》たちとハイタッチ！

「おつかれさま、虎太郎《こたろう》クン！」

ベンチに帰《かえ》ると、ヒカルがタオルを渡《わた》してくれる。

「ありがとう。でも、すごかったのは島津義久《しまづよしひさ》さんだよ。あんなあたりを打《う》つなんて」

「うん。まさしく王政復古《おうせいふっこ》の大号令《だいごうれい》だったね」

「？　どういうこと？」

ぼくは首《くび》をかしげた。

「だって、レフト方向《ほうこう》に打《う》ってたじゃん。ショーグンズはライト寄《よ》りに守《まも》ってたから、レフトには守備《しゅび》がいなかったもん。きっと王政復古《おうせいふっこ》って、そういうことだよ」

「あ、なるほど！」

わかったぞ。きっと信長《のぶなが》のねらいはこれだ。

ファルコンズがライトねらいのバッティングをつづけていたら、ショーグンズは守備《しゅび》をライト寄《よ》りにするはずだ。そこに島津義久《しまづよしひさ》が無人《むじん》のレフトに打球《だきゅう》を飛《と》ばした。

まさしく王政復古《おうせいふっこ》の大号令《だいごうれい》。徳川抜《とくがわぬ》きの政治《せいじ》……、じゃなくて守備《しゅび》をつくりだすことによって、鎖国守備《さこくしゅび》をくずしたんだ！

すごいぞ、信長《のぶなが》。ここまで計算《けいさん》していたなんて！

「は……、はっはっは」

信長《のぶなが》に感心《かんしん》していると、マウンドからちょっとたよりないわらい声《ごえ》。

「な……、なんの、なんの一点《いってん》くらい……。余《よ》たちがまだ勝《か》っておるではないか」

吉宗《よしむね》は腰《こし》に手《て》をあててそういっているけど、声《こえ》はちょっとふるえていて、それが強《つよ》がりなのはあきらかだ。

だってツーアウトとはいえ、ファルコンズのランナーは二塁《るい》三塁《るい》。

そしてつぎの打者《だしゃ》は、ファルコンズの四番《ばん》バッター、戦国最強《せんごくさいきょう》の織田信長《おだのぶなが》だ！

負《ま》けているのはファルコンズだけど、追《お》いつめられているのはショーグンズだぞ！

「さあ、これがさいごの勝負《しょうぶ》となるかもしれぬな」

歓声《かんせい》が地鳴《じな》りのように鳴《な》りひびく中《なか》、信長《のぶなが》がゆっくりとバッターボックスにはいっていった。マントをはためかせるその姿《すがた》は、威圧感《いあつかん》に満《み》ちている。

「そうですな、信長《のぶなが》どの。ここで貴殿《きでん》をおさえて、我《われ》らは勝利《しょうり》を手《て》にいたしますぞ。……と、いいかえす吉宗《よしむね》であった」

「こしゃくな」

信長《のぶなが》はふっとわらって、バットをかまえる。すると、

「吉宗《よしむね》のいうとおりですよ」

キャッチャーの家光《いえみつ》も、信長《のぶなが》に声《こえ》をかけた。

「さっきはまんまと鎖国守備《さこくしゅび》をくずされましたが、もうそうはいきません。守備《しゅび》のかたちは元《もと》にもどしてあります。どこへ打《う》とうとも、打球《だきゅう》はショーグンズの守備《しゅび》のえじきですよ」

「それはどうかな？」

信長《のぶなが》は不敵《ふてき》にいいかえした。

「？　どういうことです？　ぼくちゃんたちの守備《しゅび》に、まだ穴《あな》があるとでも？」

「貴様《きさま》たちの守備《しゅび》にかぎらず、どのチームもそうだ。かんぺきなどはありえぬ」

「……ふん。こけおどしを」

家光《いえみつ》ははきすてるようにいうと、吉宗《よしむね》とサインをこうかんする。そして吉宗《よしむね》がそれにうなずくと、

「それでは、いきますぞ……と、勝負《しょうぶ》をはじめる吉宗《よしむね》であった」

そういって、両腕《りょううで》を大《おお》きくあげた。そして信長《のぶなが》をするどい目《め》つきでひとにらみすると、ふとももをあげて両手《りょうて》をお腹《なか》にかかえこむ。

——いよいよだ。

ベンチで両手《りょうて》をにぎり、ぼくはまばたきもせずに、勝負《しょうぶ》を見守《みまも》る。ぼくが打席《だせき》にいるわけでもないのに、すごい緊張感《きんちょうかん》が体中《からだじゅう》をおそっていた。

「いくぞ！ 信長《のぶなが》どの！」

吉宗《よしむね》はかけ声《ごえ》のようにそういうと、足《あし》をズドンと前《まえ》にふみこませた。そしてしなやかに背中《せなか》から腕《うで》をまわしてくると、

「暴《あば》れんボール、火消《ひけ》しスマッシュ！」

と、信長《のぶなが》にボールを投《な》げこんだ。

「ひ、火消《ひけ》しスマッシュ？」

表情《ひょうじょう》で「なにそれ？」とヒカルに聞《き》くと、

「きっと町火消《まちびけ》しのことだよ！」

と、ヒカルもこうふん気味《ぎみ》にこたえてくれた。

「当時《とうじ》の江戸《えど》は、とっても火事《かじ》が多《おお》かったの。だから吉宗《よしむね》さんが、町人《ちょうにん》に火消《ひけ》しの集団《しゅうだん》を

つくらせたんだ。ランナーがたまってるから、この技《わざ》がでたんだね！」

そりゃ、ピンチをしのぐことを火消《ひけ》しっていうこともあるけど、こんなときに！

視線《しせん》を前《まえ》にもどすと、吉宗《よしむね》の火消《ひけ》しスマッシュは空気《くうき》をきりさき、まっすぐ家光《いえみつ》のキャッチャーミットにむかっている。

――これまでの暴《あば》れんボールより球威《きゅうい》がすごい！

ゴオオオオって音《おと》が聞《き》こえそうなくらいのド迫力《はくりょく》。

しかも高《たか》めにういていて、ストライクかボールか、びみょうなコースだ。これは見逃《みのが》したほうが無難《ぶなん》かもしれない……。

って、そう思《おも》っていたら、

「天下布武打法《てんかふぶだほう》！」

信長《のぶなが》はその声《こえ》をスタジアム中《じゅう》にとどろかせ、まるで目《め》の前《まえ》のなにかを刀《かたな》で斬《き》るように、するどくバットをスイングした。

それは力強《ちからづよ》く見事《みごと》な一《ひと》ふりで、バットがボールをとらえるかわいた音《おと》が鳴《な》りひびいたその瞬間《しゅんかん》、まるであたりが空白《くうはく》になったように、球場《きゅうじょう》からどよめきが消《き》えさった。

少《すく》なくとも、ぼくの耳《みみ》にはなにも聞《き》こえてこなかったし、みんなもそうだったと思《おも》う。吉宗《よしむね》も家光《いえみつ》も、ファルコンズもショーグンズも、全員《ぜんいん》があっけにとられて、宙《ちゅう》をまう打《だ》球《きゅう》の行方《ゆくえ》を見守《みまも》っていた。

ポーンと空《そら》にうかんだそのボールは、まるでおよぐように山《やま》なりのカーブをえがいている。

やがてそれは外野《がいや》の壁《かべ》のむこうまで届《とど》くと、役目《やくめ》をはたしたように、スッと客席《きゃくせき》の大観《だいかん》衆《しゅう》の中《なか》に消《き》えていった。

そのすべては息《いき》を三回《かい》するかしないかの間《あいだ》で終《お》わってしまって、

「ホ、ホームラン！　ホームランです！」

しばらくすると、我《われ》にかえった審判《しんぱん》の声《こえ》がひびきわたる。そしてようやくスタジアムに音《おと》がもどってきた。

ワアアアア！　歓声《かんせい》がシャワーのように降《ふ》ってくる。

それだけ、信長《のぶなが》の打球《だきゅう》はしょうげき的《てき》だった。ぼくもすごいこうふんしていて、鼻息《はないき》が荒《あら》くなっているのが自分《じぶん》でもわかるほど。

だって、本当《ほんとう》にすごかったから。

この土壇場《どたんば》で……、まさかのスリーランホームラン！

これで4―2！　一気《いっき》に逆転《ぎゃくてん》だ！

「バ、バカな……」

吉宗《よしむね》はがっくりして、マウンドにひざをつく。

家光《いえみつ》もキャッチャーボックスに腰《こし》をおとしたまま、その場《ば》でうつむいていた。すると、そんなふたりを見《み》ながら、

「まだまだだな」

ホームベースをふんで、信長《のぶなが》がいった。

「これまで凡退《ぼんたい》していたのは、こういうチャンスを待《ま》っていただけだ。いかに守備《しゅび》が鉄壁《てっぺき》であっても、スタンドの中《なか》までは守《まも》れまい」

いいながら、信長《のぶなが》はバットをひろう。そして吉宗《よしむね》に顔《かお》をむけた。

「なにせ、ワシは荒《あ》れ球《だま》が大好物《だいこうぶつ》でな。ちょうど打《う》ちごろのボールをごくろうであった」

信長《のぶなが》の言葉《ことば》に、吉宗《よしむね》も家光《いえみつ》も反応《はんのう》しない。よっぽどショックだったんだろう。

やっぱり、信長《のぶなが》はすごい……。

ずっと点《てん》をいれられなかったのに、九回《かい》の土壇場《どたんば》で二点《てん》もリードできるなんて……。

「虎太郎《こたろう》」

割《わ》れんばかりの大歓声《だいかんせい》の中《なか》、信長《のぶなが》はいつものようにスタスタとベンチに帰《かえ》ってくる。そしてぼくの名前《なまえ》を呼《よ》んだ。

「わかっておるな。九回裏《かいうら》になにをすべきかを」

「うん……」

ぼくは、あいまいな笑《え》みで返事《へんじ》をした。

しょうじき、まだピンとくるものはない。だけど、勝《か》たなきゃはじまらないんだ。

5章《しょう》 切《き》り札《ふだ》、登場《とうじょう》！

	1	2	3	4	5	6	7	8	9	計	H	E
桶狭間	0	0	0	0	0	0	0	0	4	4	6	0
日　光	0	0	0	2	0	0	0	0		2	8	0

OKEHAZAMA Falcons

1	豊臣	秀吉	右
2	徳川	家康	捕
3	島津	義久	代
4	織田	信長	一
5	真田	幸村	二
6	井伊	直虎	中
7	伊達	政宗	三
8	毛利	元就	遊
9	山田虎太郎		投

B
S
O

UMPIRE

CH	1B	2B	3B
赤鬼	青鬼	黒鬼	桃鬼

日光 SHOGUNS

1	徳川	綱吉	左
2	徳川	家重	三
3	徳川	慶喜	一
4	徳川	吉宗	投
5	徳川	家光	捕
6	徳川	家継	二
7	徳川	家茂	中
8	徳川	家定	右
9	徳川	家宣	遊

九回裏《かいうら》

最終回《さいしゅうかい》の守備《しゅび》。ここをおさえたら、ぼくたちの勝《か》ち。

勝利《しょうり》まで、もうちょっと。

まだどよめきがのこる地獄甲子園《じごくこうしえん》。ぼくは気持《きも》ちをおちつけながら、マウンドでロージンバッグにさわっていた。

先頭《せんとう》バッター、一番《ばん》の綱吉《つなよし》（犬《いぬ》）は、いっちゃ悪《わる》いけどたいしたことがない。

たしかにこれまでは、いつもバットにあてられてヒヤッとしていたけど……。

だけど綱吉《つなよし》（犬《いぬ》）は打《う》ったあとはぼくに跳《と》びついてきてじゃれてくるし、犬猿《けんえん》の仲《なか》だからライトまでいって秀吉《ひでよし》とケンカするしで、そもそもルールに対《たい》して自由《じゆう》すぎるという、野球選手《やきゅうせんしゅ》として致命的《ちめいてき》な欠点《けってん》がある。だいたい犬《いぬ》だし。

綱吉《つなよし》が先頭《せんとう》なら、ワンアウトはもらったもどうぜんだな。でも……。

『問題《もんだい》は、四番《ばん》の吉宗《よしむね》さんと、五番《ばん》の家光《いえみつ》さんだねー』

ヒカルがベンチで、スコアブックを見《み》ながらいった。

『吉宗《よしむね》さんにはラッキー打法《だほう》で今日《きょう》、三安打《あんだ》されてるし、家光《いえみつ》さんは送《おく》りバント二回《かい》とセーフティバント二回《かい》きめられてるね。このひとたちにまわったら、かなりの確率《かくりつ》で点《てん》をいれられちゃうよ』

『うん。わかってる。なんとかそれまでにスリーアウトをとっちゃうよ。まずは確実《かくじつ》に、綱吉《つなよし》さんでワンアウトを……』

って、ヒカルにこたえていると、

『ショーグンズ、代打《だいだ》のお知《し》らせです』

そんなアナウンスが流《なが》れてくる。

『ヒカル。代打《だいだ》だって。誰《だれ》だろう？』

『わかんない。でも、むこうもあとがないから必死《ひっし》なんだよ』

ぼくはヒカルと言葉《ことば》をかわし、つづくアナウンスを聞《き》く。するとちょっとだけ間《あいだ》があいて、

『えー、一番《ばん》、徳川綱吉《とくがわつなよし》に代《か》わりまして、代打《だいだ》、徳川光圀《とくがわみつくに》。代打《だいだ》、徳川光圀《とくがわみつくに》です』

アナウンスはそういった。

でも、光圀《みつくに》って？　覚《おぼ》えがない。どんなひとだろう。試合中《しあいちゅう》にヒカルとおさらいした江《え》戸幕府《どばくふ》の将軍《しょうぐん》たちには、いなかった名前《なまえ》だと思《おも》うんだけど……。

「光圀《みつくに》は将軍《しょうぐん》ではない」

考《かんが》えていると、キャッチャーの家康《いえやす》がマウンドまでやってきた。徳川《とくがわ》の祖先《そせん》だけあってくわしいから、バッターの特徴《とくちょう》を伝《つた》えてくれるんだ。

「あやつはワシの孫《まご》でな。水戸藩《みとはん》の藩主《はんしゅ》だった。おそろしくグルメな男《おとこ》だ」

「グ、グルメ？」

ぼくはチラッとグランドにはいってくる光圀《みつくに》を見《み》た。

見《み》た目《め》はおだやかそうなおじいさんで、動《うご》きやすそうな和服《わふく》に頭巾《ずきん》をかぶっている。つえをついているけど、野球《やきゅう》をしてもだいじょうぶかな。

「そうだ。ワシはあまりくわしくないが、どうも餃子《ぎょうざ》や牛乳《ぎゅうにゅう》、チーズとかは、光圀《みつくに》が日本《にほん》ではじめて口《くち》にしたといわれているらしい。他《ほか》にもなにかあった気《き》がするが……」

「え、すごい」

ぜんぶ、ぼくの好物《こうぶつ》だ。あのおじいさんがさいしょに食《た》べていたなんて。

MIL

「それに、当時《とうじ》はあんまり肉食《にくしょく》をしなかった時代《じだい》なんだが、綱吉《つなよし》の『生類憐《しょうるいあわ》れみの令《れい》』へのあてつけで、牛肉《ぎゅうにく》や豚肉《ぶたにく》も食《た》べていたようだ。まあ、ワシの孫《まご》って血筋《ちすじ》だからなあ。幕府《ばくふ》のご意見番《いけんばん》として、わりと好《す》きなことがいえたんじゃろう」

「そ、それもすごいね……」

しかもその綱吉《つなよし》（犬《いぬ》）に代《か》わって打席《だせき》にはいるんだから、なんというか、めぐりあわせみたいなのも感《かん》じるけど。

「まあ、虎太郎《こたろう》クン。気《き》をつけよう。説明《せつめい》のとおり、好奇心《こうきしん》が強《つよ》いヤツじゃ。なにをしてくるか、わからんからな」

家康《いえやす》はそういいのこして、キャッチャーボックスに帰《かえ》っていく。すると、

「カーッカッカッカ！」

とつぜん、打席《だせき》で光圀《みつくに》がわらい声《ごえ》をあげた。

「少年《しょうねん》よ。ワシがきたからには、覚悟《かくご》せいよ。世《よ》の中《なか》の平和《へいわ》のため、江戸幕府《えどばくふ》を終《お》わらせるわけにはいかんのじゃ」

「こ、こっちだって打《う》たせるわけにはいかないから！」

ぼくはいうと、家康《いえやす》が腰《こし》をおろしたのをかくにんしてから、腕《うで》をふりかぶった。そして足《あし》を前《まえ》にふみこませると、思《おも》いっきりボールを投《な》げた。すると光圀《みつくに》は、

「チャー」

の声《こえ》で、リズムをとるように片足《かたあし》をあげた。

「シュー」

光圀《みつくに》はつづける。ボールはもう、グングンむかっていってるのに……。

――なにをするつもりだ？

投《な》げた体勢《たいせい》をもどしながら見《み》ていると、光圀《みつくに》はほそいその目《め》をカッと見《み》ひらく。そして！

「メーン！」

と雄叫《おたけ》びをあげて、持《も》っていたつえをフルスイング！

それはボールを芯《しん》でとらえ、一塁線《るいせん》をおそうするどいあたりになった。

「うそっ！」

チャーシューメンってかけ声《ごえ》だったけど、それってひょっとしてあのラーメンの？

いや、いまはそれより守備《しゅび》だ。

ぼくは我《われ》にかえると、いそいで打球《だきゅう》を目《め》で追《お》った。あたりはゴロだけどスピードがあって、ライトに抜《ぬ》けそうな打球《だきゅう》だ。ヤバいぞって思《おも》っていたら、

「ふんぬっ！」

なんとファーストの信長《のぶなが》が、それを横《よこ》っ跳《と》びでキャッチ！

観客《かんきゃく》から、「おおっ！」って声《こえ》がわきあがる。でも――。

「あ……」

ライトに抜《ぬ》けると思《おも》っていたぼくは、一塁《るい》のベースカバーにはいっていなかった。

すると信長《のぶなが》は一塁《るい》に送球《そうきゅう》できず、そうしている間《あいだ》に、光圀《みつくに》はつえなんかいらないだろって足《あし》の速《はや》さで、ファーストベースをかけ抜《ぬ》けた。

「カーカッカッカ！　どうじゃ、ワシのチャーシューメン打法《だほう》は」

一塁《るい》にたって、光圀《みつくに》がいった。

「……なにそれ。もしかして、ラーメンはじめて食《た》べたのも自分《じぶん》だっていいたいの？」

しらけた声《こえ》で聞《き》いたら、

「ううっ！」

光圀《みつくに》がとつぜん、ぶわっとなみだを流《なが》す。ビックリすると、頭《あたま》の中《なか》にヒカルの声《こえ》。

『あのね！　日本《にほん》ではじめてラーメン食《た》べたのは光圀《みつくに》さんっていうのが定説《ていせつ》だったんだけど、最近《さいきん》、光圀《みつくに》さんより200年前《ねんまえ》に食《た》べたひとがいるのがわかったんだ。だから光圀《みつくに》さんのなみだは、たぶんくやし泣《な》きだよ』

って、ヒカルはいうけど、しょうじき、どうでもいい。

いまはそれよりも……。

「虎太郎《こたろう》」「虎太郎《こたろう》クン」

マウンドに、信長《のぶなが》と家康《いえやす》がやってきた。

ふたりとも、やっぱりすごくこわい目《め》でぼくをにらんでる。

「どうしてファーストのベースカバーにはいらなかった。今日《きょう》、二回目《かいめ》じゃないか」

家康《いえやす》がいかりのこもった口調《くちょう》でいう。

「ご、ごめんなさい……」

「虎太郎《こたろう》クン。おぬし、エースとしての自覚《じかく》はあるのか？　エースの使命《しめい》をはたそうという気《き》があるのか？」

「いや、あの……」

口《くち》をモゴモゴさせると、信長《のぶなが》も強《つよ》い視線《しせん》をぼくにむける。

「虎太郎《こたろう》よ。ひとつだけ聞《き》く」

「う、うん」

「勝《か》つ気《き》はあるのか？」

「も、もちろんだよ！」

エースがどうとかって話《はなし》はちょっとわからないけど、そりゃ勝《か》ちたいにきまってる。野球《やきゅう》をなくしたくないし、現世《げんせ》にだって帰《かえ》りたいんだから。

「なら、いい。反省会《はんせいかい》は試合《しあい》のあとじゃ。いまは投球《とうきゅう》に集中《しゅうちゅう》しろ」

信長《のぶなが》はそういうと、クルッとふりかえってファーストに帰《かえ》っていった。家康《いえやす》も、ぼくに注意《ちゅうい》する目《め》をむけてから、キャッチャーボックスにもどっていく。

——また、エースの使命《しめい》っていわれちゃったな……。

OKEHAZAMA
Falcons

でも、……なんなんだろう、エースの使命《しめい》って。いや、そもそも使命《しめい》ってなんだ？　ちゃんと投《な》げること？　それならぼくだってやっているはずだ。使命《しめい》だ覚悟《かくご》だっていってる家康《いえやす》は、たしかに今日《きょう》はとくべつすごい集中力《しゅうちゅうりょく》をだしてきている。いや、敵《てき》であるショーグンズだってそうだ。

使命《しめい》……。使命《しめい》っていったい……。

ぼくは目《め》をおとして、しばらくそれについて頭《あたま》をめぐらせるけど……。

……クソッ。考《かんが》えたってわからない。

いまはそれより、試合《しあい》に集中《しゅうちゅう》だ。

ぼくは胸《むね》のモヤモヤをふりきるように、つぎのバッターにむかっていった。

……でも、よけいなことを考《かんが》えていたのが悪《わる》かったのかもしれない。

二番《ばん》の家重《いえしげ》はなんとか三振《さんしん》にしたけど、三番《ばん》の慶喜《よしのぶ》には内野安打《ないやあんだ》を打《う》たれてしまうし、おまけに……。

「はーはっはっは！」

と、わらいながら一塁《るい》ベースをふんでいるのは、四番《ばん》の吉宗《よしむね》。

それをぼくは、口《くち》をへの字《じ》にしながらながめていた。

警戒《けいかい》していたのに、ぼくはまたも吉宗《よしむね》にヒットを打《う》たれてしまう。

もちろん、ぼくが素人《しろうと》みたいな吉宗《よしむね》のスイングに負《ま》けたわけじゃない。

ただ勝負《しょうぶ》には勝《か》ったのに、例《れい》によって吉宗《よしむね》のラッキーは、あたりそこねの打球《だきゅう》をポトリと守備《しゅび》の空白《くうはく》におとしてしまった。

すると吉宗《よしむね》はもうぜんとダッシュして、一塁《るい》にヘッドスライディング。そして間一髪《かんいっぱつ》のタイミングで、審判《しんぱん》の「セーフ」ってコールを勝《か》ちとった。

「クソッ！」

三番《ばん》の慶喜《よしのぶ》だって内野安打《ないやあんだ》で、自転車《じてんしゃ》ではしってなきゃアウトだった。

だから本当《ほんとう》なら、もうゲームはファルコンズの勝《か》ちで終《お》わっているはずなのに！　どうしてまた、こんな風《ふう》に追《お》いつめられなきゃいけないんだ。

ホント、なんだよ、今日《きょう》のこの試合《しあい》！

ツイてないし、味方《みかた》からもしかられるし……。

これで負《ま》けても、ぼくって死《し》んじゃうの？　こんなの、ぼくのせいじゃないじゃないか！

18

「くっくっく。エースのたよりなさが、大事《だいじ》な場面《ばめん》ででてしまったようですねえ」

投《な》げやりになっていると、バッターボックスからそんな声《こえ》。

目《め》をむけると、そこには氷《こおり》みたいにつめたい笑《え》みをうかべた家光《いえみつ》がいて、そしていつものようにバットを寝《ね》かせた。

――バントのかまえ……。

この状況《じょうきょう》でも、やってくるのか……。

だって、ふつうなら二点差《てんさ》で満塁《まんるい》ってこの状況《じょうきょう》でバントなんてしないんだけど、ランナーをふたつも進塁《しんるい》させる参勤交代《さんきんこうたい》バントだけは別《べつ》だ。

うまくきめられたら二点《てん》、もしかしたら三点《てん》はいってしまうかも……。そうなったらファルコンズの逆転負《ぎゃくてんま》けだ。

こめかみに、冷《ひ》や汗《あせ》が流《なが》れる。

前《まえ》をむくと、キャッチャーの家康《いえやす》は、やっぱりぼくに低《ひく》めのボールを要求《ようきゅう》していた。

ミットがかまえられた場所《ばしょ》はバントをしにくいコースで、そこに全力《ぜんりょく》のボールを投《な》げられれば、もしかすると家光《いえみつ》はバントを失敗《しっぱい》するかもしれない。

だけど、ぼくはこわかった。

こんな状況《じょうきょう》で、低《ひく》めにバシッと球《たま》をコントロールする自信《じしん》がなかった。

――クソッ！

こころの中《なか》に、あきらめがよぎった、そのとき。

「虎太郎《こたろう》クンッ！」

キャッチャーボックスから、家康《いえやす》が大声《おおごえ》をだした。


「エースはおぬしじゃ！　自信《じしん》と責任《せきにん》を持《も》てっ！」


「自信《じしん》と……、責任《せきにん》？」

「そうじゃ！　エースとはなにか、よく考《かんが》えろ！」

家康《いえやす》はつづけた。

でも、エースとはなにかって……。

どうしていま、そんなことを聞《き》いてくるの？　この大《だい》ピンチに。

ぼくが下《した》をむいてそう考《かんが》えていると、

「家康《いえやす》のいうエースとは」

となりから信長《のぶなが》の声《こえ》が聞《き》こえた。目《め》をあげると、腕《うで》をくんだ信長《のぶなが》がそこにいて、じっとぼくを見《み》つめていた。

「家康《いえやす》のいうエースとは、なんだと思《おも》う、虎太郎《こたろう》よ」

「え、そんなの……」

ぼくは一度《いちど》、目《め》をそらしてから、またおそるおそる、信長《のぶなが》に視線《しせん》をもどした。

「……チームで一番《いちばん》、ピッチングがうまいひと……」

「それでは半分《はんぶん》だ」

思《おも》ったことをいったら、信長《のぶなが》はだまって首《くび》を横《よこ》にふった。

「じゃあ、なんなの……？」

「エースとは、勝利《しょうり》にむかって戦《たたか》えるピッチャーのことをいう」

と、ぼくを見《み》たままいった。

「勝利《しょうり》に？」

「そうだ。勝利《しょうり》の使命《しめい》をおびたピッチャーといっていい。勝《か》つために知恵《ちえ》をしぼり、全力《ぜんりょく》で体《からだ》を動《うご》かし、味方《みかた》のフォローをし、あらゆる努力《どりょく》をおしまない。チームの勝利《しょうり》に、実力《じつりょく》と責任《せきにん》を持《も》って挑《いど》める者《もの》。それがエースだ」

信長《のぶなが》はここで言葉《ことば》を区切《くぎ》ると、

「いまの貴様《きさま》に、それができているか？」

低《ひく》くて重《おも》い声《こえ》で、ぼくにそう聞《き》いてきた。かくにんする言葉《ことば》のようでいて、「できてない」って意味《いみ》がふくまれている口調《くちょう》だった。

「……あ、あの……」

ぼくはつばをゴクリと飲《の》んでから、信長《のぶなが》を見《み》あげた。

「そりゃ、できていたっていえないと思《おも》う……」

ベースカバーにはいらずに怒《おこ》られた。さっきは低《ひく》めに投《な》げられそうになくて、こわがってた。信長《のぶなが》がいいたいのは、きっとそういうことだ。だけど！

だけど……。それ以上《いじょう》、ぼくはなにもいいかえせない。

信長《のぶなが》のいうことは正《ただ》しくて、ぼくはそれがくやしく、ギリギリと歯《は》を鳴《な》らした。

しばらくそうしていると、肩《かた》にポンと手《て》がおかれた。見《み》るとそれは信長《のぶなが》の手《て》で、彼《かれ》はまっすぐにぼくの顔《かお》に視線《しせん》をおいていた。

「くやしいだろう」

「え……。……うん……」

その言葉《ことば》に、ぼくはうなずく。

「それなら、その『負《ま》けたくない』という気《き》持《も》ちを、プレーであらわせ。使命感《しめいかん》を持《も》つところから、力《ちから》とは生《う》まれるものだ」

「使命感《しめいかん》が、力《ちから》に？」

「そうだ。ファルコンズはもちろん、ショーグンズを見《み》ていたらわかるだろう。ヤツらは生前《せいぜん》、領民《りょうみん》を守《まも》るという宿命《しゅくめい》を持《も》ち、そこから高《たか》い使命感《しめいかん》を身《み》につけた。そしてワシは貴《き》様《さま》にもそれができると信《しん》じているが、それはもしかしてまちがいだったか？」

「そんなこと……、ない」

しょうじきいって、家康《いえやす》や信長《のぶなが》のいっていることは、まだよくわからない。でも、信長《のぶなが》に見《み》はなされるのは、なによりいやだった。

「なら、いい。責任《せきにん》を持《も》つことで、見《み》えているものも変《か》わるだろう」

信長《のぶなが》はここで言葉《ことば》を区切《くぎ》るとクルッとふりむき、

「貴様《きさま》を信《しん》じておる」

そういいのこして、スタスタと一塁《るい》に帰《かえ》っていった。

そしてぼくはその背中《せなか》を、ただポカンとながめていた。

信長《のぶなが》のいったことってどういうことか、ぼくにはまだピンとこないけど、でも――。

やらなきゃいけない！

それだけは伝《つた》わってくる。信長《のぶなが》の重《おも》い口調《くちょう》から、ヒシヒシと。

「話《はなし》は終《お》わりましたか？」

ボールをにぎって「負《ま》けられない」ってつぶやいていると、家光《いえみつ》がニヤニヤとわらいながら話《はな》しかけてきた。

「うん。終《お》わったよ。もうだいじょうぶ。家光《いえみつ》さんをアウトにするから」

「ほう」

できっこない。家光《いえみつ》は、言葉《ことば》にしないでも表情《ひょうじょう》でよゆうを見《み》せていた。

たしかにエースの使命《しめい》とかは、よくわからない。だけど、信長《のぶなが》の言葉《ことば》からは力《ちから》をもらえたような気《き》がした。

やってやるぞ。ぼくはそう思《おも》い、にらむように前《まえ》を見《み》る。すると家康《いえやす》のミットは、やっぱり低《ひく》めにかまえられていた。

でも、そこに投《な》げられないとは思《おも》えなかった。

もう、さっきまでのぼくとはちがう。

だってあの信長《のぶなが》が、ぼくを信《しん》じているっていったんだから。

それならぼくは、きっと家康《いえやす》のあのミットにむかって投《な》げこめるはずだ。

信長《のぶなが》が信《しん》じたぼくなら、絶対《ぜったい》にだいじょうぶ！

「いくぞ！」

ぼくはマウンドをふみしめて体重《たいじゅう》をかたむけると、ためた力《ちから》を解放《かいほう》するように、指先《ゆびさき》から渾身《こんしん》のボールをリリースした。

――どうだっ！

「くっ！　まだこんなボールを！」

家光《いえみつ》が顔《かお》をしかめる。

あの球威《きゅうい》とコントロールなら、ボールはきっと家康《いえやす》のミットの中《なか》にはいるか、バントを失敗《しっぱい》してフライになるか、どっちかだ。

ぼくがそれを確信《かくしん》した、その瞬間《しゅんかん》！

「だけど、負《ま》けるわけにはいかないのです！　ぼくちゃんたちの使命《しめい》にかけて！」

家光《いえみつ》はそう叫《さけ》び、たおれこむようにバランスをくずしながら、

「これがさいごの、参勤交代《さんきんこうたい》バントですっ！」

と、強引《ごういん》にバットをボールへコーンとあてた。そしてすぐに起《お》きあがり、一塁《るい》にむけてダッシュする。

それはもう根性《こんじょう》としかいえない、すさまじい執念《しゅうねん》を感《かん》じるプレーだった。

『貴様《きさま》の持《も》っている「負《ま》けたくない」という気持《きも》ちを、プレーであらわせ』

信長《のぶなが》の言葉《ことば》が、頭《あたま》の中《なか》によみがえる。あの言葉《ことば》は、つまりいま家光《いえみつ》が見《み》せた、こういうプレーなんじゃないのか？

――いや、それよりもいまは打球《だきゅう》だ！

ぼくは意識《いしき》をもどすと、ボールを目《め》で追《お》って、ななめうしろにふりかえる。

すると打球《だきゅう》はポーンと大《おお》きく、三塁《るい》のうしろのほうへはねあがっていた。

それは体《からだ》のバランスをくずしてあてたとは思《おも》えない、敵《てき》ながらすごいって思《おも》えるバントだった。

――まさか、あんなところにおとしてくるなんて！

プレッシャーのかかるこの状況《じょうきょう》で、最高《さいこう》の参勤交代《さんきんこうたい》バントだ。これじゃ、もう……。

「よし、まずは一点《いってん》かえしたぞい！」

三塁《るい》ランナーの光圀《みつくに》は、そういいながらホームをふんだ。

これで一点《いってん》かえされて、4—3……。しかも見《み》ていると、二塁《るい》ランナーの慶喜《よしのぶ》も自転車《じてんしゃ》を飛《と》ばして三塁《るい》をまわっているし、吉宗《よしむね》も全速力《ぜんそくりょく》で二塁《るい》をまわっている。

これはもう、同点《どうてん》……、いや、逆転《ぎゃくてん》までありえるかも……。

せっかく信長《のぶなが》に信《しん》じてもらったのに！

もしかすると、その意味《いみ》を理解《りかい》するのがおそすぎた？　クソ！　クソクソ！

頭《あたま》の中《なか》に絶望《ぜつぼう》がよぎったとき、

「エリアドラゴン！」

サードの伊達政宗《だてまさむね》が、そう叫《さけ》ぶ。

エリアドラゴン？

聞《き》き覚《おぼ》えのあるその名前《なまえ》は、前《まえ》に地獄《じごく》のキャンプでマスターした伊達政宗《だてまさむね》の必殺守備《ひっさつしゅび》。

あわててもう一度《ど》、三塁《るい》のうしろに目《め》をやると、そこで伊達政宗《だてまさむね》は龍《りゅう》を思《おも》わせるような見事《みごと》な横《よこ》っ跳《と》びで、家光《いえみつ》の打球《だきゅう》に跳《と》びつき、キャッチしていた。

「すごい！　伊達政宗《だてまさむね》さん！」

「おう！　わたしたちだって、負《ま》けるわけにはいかんのだ！」

伊達政宗《だてまさむね》はそういって、「同点《どうてん》にはさせん！」と、たおれながらビュッとホームへ送球《そうきゅう》。

そして伊達政宗《だてまさむね》のそれを見《み》たぼくは、すぐに三塁《るい》にむかってはしっていた。それはもう本能《ほんのう》としかいえない、とっさの動《うご》きだった。

なぜなら、信長《のぶなが》がいっていたのは、きっとこういうことだから！　ぼくがベースカバーにはいるのは、いま、この瞬間《しゅんかん》だ！

タイミングはどうだ？　まにあうか？　いや、まにあわせる！

頭《あたま》の中《なか》には、九回表《かいおもて》に見《み》せた家康《いえやす》の必死《ひっし》の走塁《そうるい》、信長《のぶなが》のバッティング、そしてさっきの伊達政宗《だてまさむね》の守備《しゅび》がよみがえった。

それはプレーにあらわれた、負《ま》けたくないって気持《きも》ち。歴史《れきし》を守《まも》るってファルコンズの使命《しめい》！　そしてその意味《いみ》を、ぼくはいま、ようやく理解《りかい》できた気《き》がした。

気迫《きはく》のこもったみんなのプレーが、たるんでいたぼくの頭《あたま》に、自分《じぶん》の使命《しめい》ってものをわからせたんだ。

いまなら家康《いえやす》や信長《のぶなが》の言葉《ことば》、そして現世《げんせ》の監督《かんとく》や母《かあ》さんのいかりが理解《りかい》できる。

だから、エースであるぼくは！　ぼくの役割《やくわり》は！


「うおおおおお！」

ぼくは土《つち》けむりをまいあげる必死《ひっし》のダッシュで、三塁《るい》にむかった。

するとホームからは赤鬼《あかおに》の「アウトォ！」ってコールと、慶喜《よしのぶ》の「ちっくしょお！」って声《こえ》が聞《き》こえてくる。

ホームで慶喜《よしのぶ》は、アウトになったんだ。

だからこれで、ツーアウト。そして同点《どうてん》を阻止《そし》した。

――でも、そこは絶対《ぜったい》にアウトにしてくれると思《おも》っていた。

そして家康《いえやす》は、アウトを一個《いっこ》とっただけでは満足《まんぞく》しない。

きっとこのチャンスで勝《か》ちにくるはずだ。ぼくは、それを理解《りかい》している。ファルコンズのエースとして！

「いくぞ！　虎太郎《こたろう》クン！　いそげ！」

ベースカバーにはしっているぼくのうしろから、家康《いえやす》の声《こえ》が聞《き》こえてきた。

ぼくは返事《へんじ》の代《か》わりに三塁《るい》をふんでふりかえると、すばやくグラブをかまえる。

すると家康《いえやす》はもう、こっちにボールを投《な》げていた。

そして二塁《るい》からは、

「はーはっはっはっは！」

と、吉宗《よしむね》が大《おお》きな体《からだ》をゆらして、ド迫力《はくりょく》でこっちに突進《とっしん》してきている。

「いくぞ！　勝負《しょうぶ》だ、虎太郎《こたろう》クン……、と、さらにスピードアップする吉宗《よしむね》であった！」

「こい！」

受《う》けてたつ覚悟《かくご》で、ぼくは叫《さけ》んだ。

さあ、ぼくが吉宗《よしむね》にすばやくタッチできれば、そこでファルコンズの勝《か》ち！　吉宗《よしむね》の足《あし》がタッチよりはやくベースにふれれば、三塁《るい》セーフ！

でも、絶対《ぜったい》に勝《か》つ！　負《ま》けられない理由《りゆう》が、ぼくにはある！

「いい顔《かお》になった、虎太郎《こたろう》クン！　だが、おそすぎたようだな！　勝《か》つのは余《よ》たちだ！」

吉宗《よしむね》はそういって右足《みぎあし》をつきだすと、

「とあっ！」

三塁《るい》ベースにむかって勢《いきお》いよくスライディング！

思《おも》ったよりも、速《はや》い！　でも！

ぼくはパシッとボールを受《う》けとると、足元《あしもと》を払《はら》うようにグラブを持《も》っていく。ちょっとでもはやくと、その思《おも》いにせかされるように。

まわりがすべてスローモーションのように流《なが》れる中《なか》、やがてぼくの手《て》は、吉宗《よしむね》の足《あし》へのタッチを感《かん》じた。

――タイミングはびみょうだけど、どうだ？

ぼくは祈《いの》るような気持《きも》ちでグラブをかかげると、たしかめるように三塁塁審《るいるいしん》の桃鬼《ももおに》に視線《しせん》をうつす。

すると桃鬼《ももおに》は、ぼくと吉宗《よしむね》を交互《こうご》に見《み》て、ちょっと首《くび》をかしげた。

ぼくの心臓《しんぞう》は、その間《あいだ》にドクンと大《おお》きくはねた。

まさか……。そんな思《おも》いで、つづく言葉《ことば》を待《ま》っていると、

「アウトォ！」

と、桃鬼《ももおに》はこの試合一番《しあいいちばん》のハデな動《うご》きで、腕《うで》を上《うえ》から下《した》にふりおろす。

するとそれを合図《あいず》としたかのように、ホームにいる主審《しゅしん》の赤鬼《あかおに》は大《おお》きく息《いき》を吸《す》いこんで、そして大《おお》きな声《こえ》をスタジアムにひびかせた。

「ゲームセット！」

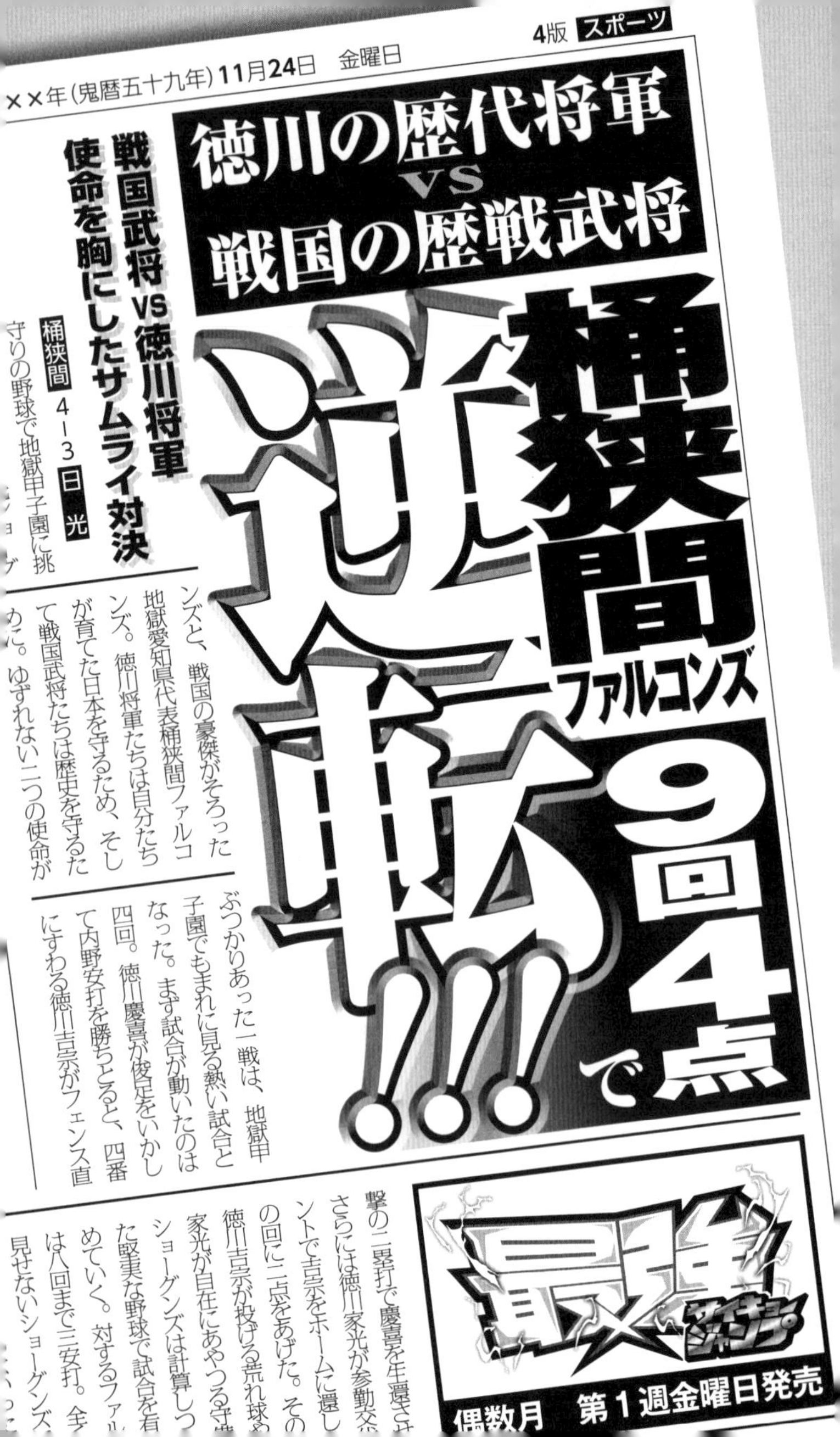

徳川の歴代将軍 VS 戦国の歴戦武将

桶狭間ファルコンズ 逆転!!! 9回4点で

戦国武将VS徳川将軍 使命を胸にしたサムライ対決

桶狭間 4-3 日光

守りの野球で地獄甲子園に挑
ショーグ

ンズと、戦国の豪傑がそろった地獄愛知県代表桶狭間ファルコンズ。徳川将軍たちは自分たちが育てた日本を守るため、そして戦国武将たちは歴史を守るために。ゆずれない二つの使命が

ぶつかりあった一戦は、地獄甲子園でもまれに見る熱い試合となった。まず試合が動いたのは四回。徳川慶喜が俊足をいかして内野安打を勝ちとると、四番にすわる徳川吉宗がフェンス直

撃の二塁打で慶喜を生還させ
さらには徳川家光が参勤交
ントで吉宗をホームに還し
の回に二点をあげた。その
徳川吉宗が投げる荒れ球を
家光が自在にあやつる守
ショーグンズは計算しつ
た堅実な野球で試合を有
めていく。対するファル
は八回まで三安打。全
見せないショーグンズ

第3種郵便物認可

地獄新聞

山田の好判断で同点のランナー徳川吉宗はタッチアウト！

◇地獄甲子園　43,000人
3回戦

桶狭間	000 000 004	4
日　光	000 200 001	3

勝山田
敗徳川吉宗
本織田②

2点を追う桶狭間は9回に島津のタイムリーと織田のホームランで一挙4点を挙げ逆転する。巻き返したい日光はその裏に1点をかえすがそこで力尽きた。

桶狭間	打	安	点	本	率
(右)豊臣秀吉	5	0	0		.000
(捕)徳川家康	4	2	0		.500
(左)前田慶次	4	0	0		.000
打 島津義久	1	1	1		1.00
(一)織田信長	4	1	3	②	.250
(二)真田幸村	4	2	0		.500
(中)井伊直虎	3	0	0		.000
(三)伊達政宗	4	0	0		.000
(遊)毛利元就	0	0	0		.000
(投)山田虎太郎	3	0	0		.000

日　光	打	安	点	本	率
(左)徳川綱吉	4	0	0		.000
打 徳川光圀	1	1	0		1.00
(三)徳川家重	5	0	0		.000
(一)徳川慶喜	5	2	0		.400
(投)徳川吉宗	5	4	1		.800
(捕)徳川家光	3	3	2		1.00
(二)徳川家継	3	1	0		.333
(中)徳川家茂	4	0	0		.250
(右)徳川家定	4	1	0		.250
(遊)徳川家宣	2	0	0		.000

スリーランホームランの織田

○織田信長（桶）
9回に逆転となるスリーランホームラン
「吉宗の球は打てると思っていた。
問題はいつ打つかということだった」

最後はしゅうねんのタッチ

○山田虎太郎（桶）
数度のミスも最後に挽回。
「自分には責任感がたりませんでした
これからは気を引きしめます」

9回2アウトまで無失点も

●徳川吉宗（日）
最後は自身がタッチアウト。
最後は自身がタッチアウト。
「余の筋肉ほどではないが、相手も
どうか余の顔を見忘れないでほしい
みょうな強がりで相手に敬意をしめ

が四球、そして徳川
の内野安打を打つよ
かった打線の状況は
をチャンスと見た
監督の織田はこの
島津を代打に送る
打席となった島津
じめライトより
備につけこんで

「はっはっは。いや、まいったまいった」

吉宗《よしむね》は頭《あたま》のうしろをかきながら、そういってわらった。

激戦《げきせん》がようやく終《お》わった地獄甲子園《じごくこうしえん》。

まだまだ熱気《ねっき》がおさまらない大歓声《だいかんせい》の中《なか》、ぼくたちは整列《せいれつ》してあいさつをすると、おたがいに言葉《ことば》をかわしていた。

「まさか虎太郎《こたろう》クンが、試合中《しあいちゅう》にこれほど成長《せいちょう》してしまうとはな。末《すえ》おそろしい子供《こども》だ……、と、相手《あいて》に敬意《けいい》を表《ひょう》する吉宗《よしむね》であった」

「ううん。けっこう危《あぶ》なかったもん。勝《か》てたのは運《うん》だよ」

ぼくがこたえると、

「運《うん》をひきよせるのも、実力《じつりょく》のうちですよ」

家光《いえみつ》がそういって、近《ちか》づいてきた。その顔《かお》は試合前《しあいまえ》にくらべると、洗《あら》われたようにおだやかだった。試合《しあい》をつうじて、なにかスッキリするものがあったのかもしれない。

「試合中《しあいちゅう》は緊張感《きんちょうかん》のない顔《かお》をしたピッチャーだと思《おも》いましたが……。さいごのさいごで、やられました。まさかぼくちゃんたちが負《ま》けるとは」

「緊張感《きんちょうかん》がないってよけいだよ」

ぼくがこたえると、家光《いえみつ》はふっとわらって、手《て》をさしだしてきた。ぼくも同《おな》じ表情《ひょうじょう》でこたえて、その手《て》をにぎりかえす。

「虎太郎《こたろう》クン。これからも、がんばってください」

「うん、もちろん」

ここで言葉《ことば》を区切《くぎ》ってから、ぼくは家光《いえみつ》の目《め》を見《み》た。

「……あの、それと家光《いえみつ》さん。残念《ざんねん》ながら江戸《えど》幕府《ばくふ》の復活《ふっかつ》って、なくなっちゃったわけだけどさ、いまの日本《にほん》ってけっこう平和《へいわ》だったりするんだ。だから……」

「いいんです」

なぐさめの言葉《ことば》をかけようとすると、家光《いえみつ》は首《くび》を横《よこ》にふる。

「現世《げんせ》に君《きみ》のようなひとがいるなら、安心《あんしん》できます。どうやらぼくちゃんたちの役割《やくわり》は、もうとっくに終《お》わっていたようですから」

「……そだね。まかせて」

ぼくはいって、手《て》に力《ちから》をこめた。

「じゃ、これからも期待《きたい》してますよ」

「はっはっは。優勝《ゆうしょう》しろよ、虎太郎《こたろう》クン」

さいごにそういうと、家光《いえみつ》と吉宗《よしむね》は、家康《いえやす》のほうへ歩《ある》いていった。あっちはあっちで、かわす言葉《ことば》があるんだろう。

じっとその様子《ようす》を見守《みまも》っていると、

「エースとはなにか。使命《しめい》とはなにか。それが少《すこ》しはわかったか」

うしろから、いきなり声《こえ》をかけられた。

ふりかえるとそこには、腕《うで》をくんで威風堂々《いふうどうどう》とたつ信長《のぶなが》がいた。

「……うん。ちょっとはわかった気《き》がする」

「ならば、よい」

信長《のぶなが》はそういうと、その手《て》をぼくの頭《あたま》の上《うえ》においた。少《すこ》し、うれしかった。

「世《よ》の中《なか》とは、ひとがそれぞれの使命《しめい》や役割《やくわり》をはたすことでなりたっている。野球《やきゅう》とて、例外《れいがい》ではない。だからこそ、勝利《しょうり》に責任《せきにん》を負《お》えるエースがチームには必要《ひつよう》なのだ」

「それぞれが……」

「そうだ。そしてエースになるには資格《しかく》がいる。ワシは貴様《きさま》がその資格《しかく》を持《も》つ者《もの》と、信《しん》じておるぞ」

信長《のぶなが》はぼくの顔《かお》をのぞきこみながら、ちょっとだけわらった。

「――うん。まかせて」

「その意気《いき》じゃ。これなら貴様《きさま》のあの必殺《ひっさつ》ボールの復活《ふっかつ》も、もうじきかもしれぬな」

ぼくの返事《へんじ》に、信長《のぶなが》は今日《きょう》、はじめて声《こえ》をだしてわらった。つかれがぜんぶふっ飛《と》ぶような、豪快《ごうかい》なわらい声《ごえ》だった。

そうしてしばらくの間《あいだ》みんなと話《はな》していると、

「それじゃ、虎太郎《こたろう》クン。そろそろ現世《げんせ》いっちゃう？」

ヒカルが、学校《がっこう》の帰《かえ》りに「どっかのお店《みせ》で道草《みちくさ》しよう」みたいな感《かん》じで声《こえ》をかけてくる。

なんでいつもいつも、こんなにノリが軽《かる》いんだろう。ぼくはそう思《おも》って苦笑《くしょう》しつつ、

「うん」と、うなずいた。

「じゃ、いくよ」

ヒカルはにっこり笑顔《えがお》で返事《へんじ》をすると背中《せなか》の羽《はね》をはばたかせ、グランドの土《つち》を、ぼくの

まわりへまいあげていく。

するとぼくの体《からだ》はあたたかいなにかにつつまれて宙《ちゅう》にうかび、意識《いしき》は眠《ねむ》る前《まえ》にウトウトしたときのような、心地《ここち》いい感覚《かんかく》の中《なか》におちていった。

——これで、もうすぐ現世《げんせ》だ。

夢《ゆめ》か現実《げんじつ》か、あいまいな意識《いしき》の中《なか》でそう思《おも》うと、遠《とお》くから聞《き》こえる声《こえ》のように、グランドのみんなの言葉《ことば》が耳《みみ》に届《とど》いてくる。

「ウー、ウォン！　ウォンウォン！」

ぼくを見《み》てなにかを警戒《けいかい》している綱吉《つなよし》（犬《いぬ》）の鳴《な》き声《ごえ》。

「ワシャ現世《げんせ》のパンケーキを食《く》いたいんじゃが、墓《はか》にそなえておいてくれんかのう？」

やたら女子力高《じょしりょくたか》い食《た》べものをほしがる光圀《みつくに》の声《こえ》に、

「一試合《ひとしあい》で三、四個《こ》あるデッドボールがなくてよかった……と、安心《あんしん》する吉宗《よしむね》であった」

ゾッとする吉宗《よしむね》の告白《こくはく》が、さしあたり地獄《じごく》で聞《き》いたさいごの言葉《ことば》だ。

終章《しゅうしょう》 エースの資格《しかく》！

	1	2	3	4	5	6	7	8	9	計	H	E
桶狭間	0	0	0	0	0	0	0	0	4	4	6	0
日光	0	0	0	2	0	0	0	0	1	3	12	0

OKEHAZAMA Falcons

1	豊臣	秀吉	右
2	徳川	家康	捕
3	島津	義久	左
4	織田	信長	一
5	真田	幸村	二
6	井伊	直虎	中
7	伊達	政宗	三
8	毛利	元就	遊
9	山田虎太郎		投

B
S
O

UMPIRE

CH	1B	2B	3B
赤	青	黒	桃
鬼	鬼	鬼	鬼

日光 SHOGUNS

1	徳川	光圀	代
2	徳川	家重	三
3	徳川	慶喜	一
4	徳川	吉宗	投
5	徳川	家光	捕
6	徳川	家継	二
7	徳川	家茂	中
8	徳川	家定	右
9	徳川	家宣	遊

一週間後《いっしゅうかんご》の現世《げんせ》

今日《きょう》は地元《じもと》のライバルチームとの練習試合《れんしゅうじあい》。

ぼくの肩《かた》も快調《かいちょう》。そして味方打線《みかただせん》もばくはつして、ぼくたちは六点差《てんさ》をもって最終回《さいしゅうかい》の守備《しゅび》についていた。

ここを守《まも》れば、ぼくたちの勝《か》ち。勝利《しょうり》まで、あともう少《すこ》しだ。

――いくぞ。

ぼくは腕《うで》をふりあげ足《あし》をふみだしながら、思《おも》いっきりボールを投《な》げた。

それは低《ひく》めをうまくついた、我《われ》ながらいい球《たま》で、

「くっ!」

と、バッターはきゅうくつそうに、苦《くる》しまぎれの小《ちい》さいスイング。バットからはキィンとにぶい音《おと》が鳴《な》りひびく。

それはぼくとキャッチャーのねらいどおりで、かろうじてあてたボールはボテボテの内《ない》

野《や》ゴロになったけど……。

「あっ」

内野《ないや》を守《まも》る誰《だれ》かから、そんな声《こえ》がもれる。

なぜならそのゴロは、あたりこそにぶかったけど、投《な》げて体勢《たいせい》がくずれているぼくの横《よこ》を抜《ぬ》けそうな、びみょうな打球《だきゅう》。

いつものぼくなら、「六点差《てんさ》あるし、ま、いっか」って無理《むり》はしないところだけど——。

——いまはちがうぞ！

「たあっ」

ぼくはムリヤリ体勢《たいせい》を元《もと》にもどすと、ボールめがけて横《よこ》っ跳《と》び。

そして土《つち》けむりがまう中《なか》で打球《だきゅう》をつかむと、たおれたまま一塁《るい》へ送球《そうきゅう》して、

「アウト！」

のコールをひびかせた。

すると試合《しあい》を観戦《かんせん》しているひとたちから、おおーって歓声《かんせい》がわきおこる。

見《み》ると、ベンチでは監督《かんとく》がぼくに親指《おやゆび》をたててくれているし、観戦《かんせん》している親《おや》たちも拍《はく》

手《しゅ》かっさい。「ナイスプレー！」「すごいぞ！」なんて声《こえ》が、つぎつぎに飛《と》んできた。

その中《なか》には母《かあ》さんの声《こえ》もあって、その姿《すがた》を見《み》つけて目《め》をこらすと、どうやらみんなと一緒《いっしょ》に拍手《はくしゅ》してくれているみたいだった。これでオヤツ抜《ぬ》きからは解放《かいほう》されるかな。

「すごいな、虎太郎《こたろう》」

みんなの反応《はんのう》を見《み》ていると、チームメイトがそばまできて、たおれているぼくに手《て》を貸《か》してくれた。ぼくはその手《て》を借《か》りてたちあがり、

「あたり前《まえ》だよ。ぼくには勝《か》つ責任《せきにん》があるからね」

といって、砂《すな》だらけのユニフォームを払《はら》う。するとチームメイトは「変《へん》なヤツ」っていって帰《かえ》っていったけど、でも顔《かお》はわらっていた。ぼくはその背中《せなか》を見送《みおく》りつつ、

——これで、いいんだよね？

たずねるようにして、空《そら》を見《み》あげた。すると太陽《たいよう》がさんさんとかがやくそこからは、

「貴様《きさま》にエースの資格《しかく》、たしかに見《み》た！」

と、威厳《いげん》のある低《ひく》いあのひとの声《こえ》が、ぼくの耳《みみ》に届《とど》いてきた。

ぼくはそれを聞《き》くと手《て》をにぎって、思《おも》いっきり空《そら》にかざして見《み》せた。

18

本作品《ほんさくひん》に登場《とうじょう》する歴史上《れきしじょう》の人物《じんぶつ》のエピソードは諸説《しょせつ》ある伝記《でんき》から、物語《ものがたり》にそって構成《こうせい》しています。

集英社みらい文庫

戦国《せんごく》ベースボール

鉄壁《てっぺき》の“鎖国守備《さこくしゅび》”！vs《バーサス》徳川将軍家《とくがわしょうぐんけ》!!

りょくち真太《しんた》　作

トリバタケハルノブ　絵

ファンレターのあて先
〒101-8050　東京都千代田区一ツ橋2-5-10　集英社みらい文庫編集部
いただいたお便りは編集部から先生におわたしいたします。

2017年11月29日　第1刷発行

発行者　北畠輝幸
発行所　株式会社 集英社
〒101-8050　東京都千代田区一ツ橋2-5-10
電話　編集部 03-3230-6246
読者係 03-3230-6080
販売部 03-3230-6393(書店専用)
http://miraibunko.jp
装　丁　小松 昇(Rise Design Room)　中島由佳理
印　刷　大日本印刷株式会社　凸版印刷株式会社
製　本　大日本印刷株式会社

ISBN978-4-08-321406-6　C8293　N.D.C.913　186P　18cm

白熱《はくねつ》の地獄《じごく》甲子園《こうしえん》編《へん》、
次《つぎ》の対戦《たいせん》相手《あいて》は……

新《しん》・撰《せん》・組《ぐみ》！

地獄《じごく》甲子園《こうしえん》もいよいよベスト８の戦《たたか》い！
虎太郎《こたろう》たち桶狭《おけはざ》間《ま》ファルコンズの次《つぎ》なる相手《あいて》は、
血《ち》の掟《おきて》の下《もと》に結集《けっしゅう》した戦闘《せんとう》集団《しゅうだん》・新撰組《しんせんぐみ》だった!!

そんな強敵《きょうてき》と対峙《たいじ》する虎太郎《こたろう》に、
とある、重大《じゅうだい》な使命《しめい》が課《か》せられた！

どうなる、虎太郎《こたろう》!!?

戦国《せんごく》ベースボール
SENGOKU-BASEBALL

第《だい》12弾《だん》

2018年《ねん》春《はる》、
発売《はつばい》予定《よてい》!!!!!

最強《サイキョー》ジャンプの
連載《れんさい》まんがが
コミックスに
なったよ！

『戦国《せんごく》ベースボール』①巻《かん》
原作・りょくち真太
キャラクター原案・トリバタケハルノブ
まんが・若松浩
2017年《ねん》 12月《がつ》4日《か》発売《はつばい》!!!!

負《ま》けられない戦《たたか》いが
そこにある!!!

人気《にんき》シリーズ一気《いっき》読《よ》み！

みらい文庫《ぶんこ》編集部《へんしゅうぶ》のイチオシ！
人気作品《にんきさくひん》のショートストーリーが
読《よ》めるよ！

「牛乳《ぎゅうにゅう》カンパイ係《がかり》、田中《たなか》くん」は、
給食《きゅうしょく》メニュー決定権《けっていけん》をかけて牛乳《ぎゅうにゅう》カンパイ選手権《せんしゅけん》！
「生《い》き残《のこ》りゲーム　ラストサバイバル」は、
男同士《おとこどうし》のがまんくらべ対決《たいけつ》、サバイバル正座《せいざ》！
「実況《じっきょう》！空想武将研究所《くうそうぶしょうけんきゅうじょ》」は、
あの人気武将《にんきぶしょう》が漫才《まんざい》コンビを結成《けっせい》…!?
「電車《でんしゃ》で行《い》こう!」は、
寝台特急《しんだいとっきゅう》から乗客《じょうきゃく》が、次々《つぎつぎ》と消《き》える事件発生《じけんはっせい》！
「戦国《せんごく》ベースボール」は
織田信長《おだのぶなが》vs山田虎太郎《やまだこたろう》、炎《ほのお》の1打席勝負《だせきしょうぶ》！

5年1組《ねんくみ》でだれが一番《いちばん》うまい!?
第《だい》1回牛乳《かいぎゅうにゅう》カンパイ選手権《せんしゅけん》スタート！
牛乳《ぎゅうにゅう》カンパイ係《がかり》、田中《たなか》くん
作《さく》・並木《なみき》たかあき　絵《え》・フルカワマモる

プリン争奪《そうだつ》！サバイバル正座《せいざ》！
足《あし》がしびれても
座《すわ》りつづける男《おとこ》の勝負《しょうぶ》…!?
生《い》き残《のこ》りゲーム ラストサバイバル
作《さく》・大久保開《おおくぼひらく》　絵《え》・北野詠一《きたのえいいち》

ぼくたちの乗《の》った特急《とっきゅう》が
猛吹雪《もうふぶき》で停車《ていしゃ》。車内《しゃない》から
乗客《じょうきゃく》が次々《つぎつぎ》と消《き》えて…!?
電車《でんしゃ》で行《い》こう！
作《さく》・豊田巧《とよだたくみ》　絵《え》・裕龍《ゆうりゅう》ながれ

一度《いちど》も勝負《しょうぶ》したことがない
信長《のぶなが》さんとついに対決《たいけつ》するよ！
戦国《せんごく》ベースボール
作《さく》・りょくち真太《しんた》
絵《え》・トリバタケハルノブ

「もしも織田信長《おだのぶなが》が女《おんな》だったら?」ほか
研究所《けんきゅうじょ》に届《とど》いた読者《どくしゃ》からの質問《しつもん》にお答《こた》え！
実況《じっきょう》！空想武将研究所《くうそうぶしょうけんきゅうじょ》
作《さく》・小竹洋介《こだけようすけ》　絵《え》・フルカワマモる

この本《ほん》でキミのお気《き》にいりを見《み》つけよう！

「みらい文庫《ぶんこ》」読者《どくしゃ》のみなさんへ

言葉《ことば》を学《まな》ぶ、感性《かんせい》を磨《みが》く、創造力《そうぞうりょく》を育《はぐく》む……、読書《どくしょ》は「人間力《にんげんりょく》」を高《たか》めるために欠《か》かせません。

たった一枚《いちまい》のページをめくる向《む》こう側《がわ》に、未知《みち》の世界《せかい》、ドキドキのみらいが無限《むげん》に広《ひろ》がっている。

これこそが「本《ほん》」だけが持《も》っているパワーです。

学校《がっこう》の朝《あさ》の読書《どくしょ》に、休《やす》み時間《じかん》に、放課後《ほうかご》に……。いつでも、どこでも、すぐに続《つづ》きを読《よ》みたくなるような、魅力《みりょく》に溢《あふ》れる本《ほん》をたくさん揃《そろ》えていきたい。読書《どくしょ》がくれる、心《こころ》がきらきらしたり胸《むね》がきゅんとする瞬間《しゅんかん》を体験《たいけん》してほしい、楽《たの》しんでほしい。みらいの日本《にほん》、そして世界《せかい》を担《にな》うみなさんが、やがて大人《おとな》になった時《とき》、「読書《どくしょ》の魅力《みりょく》を初《はじ》めて知《し》った本《ほん》」「自分《じぶん》のおこづかいで初《はじ》めて買《か》った一冊《いっさつ》」と思《おも》い出《だ》してくれるような作品《さくひん》を一所懸命《いっしょけんめい》、大切《たいせつ》に創《つく》っていきたい。

そんないっぱいの想《おも》いを込《こ》めながら、作家《さっか》の先生方《せんせいがた》と一緒《いっしょ》に、私《わたし》たちは素敵《すてき》な本作《ほんづく》りを続《つづ》けていきます。「みらい文庫《ぶんこ》」は、無限《むげん》の宇宙《うちゅう》に浮《う》かぶ星《ほし》のように、夢《ゆめ》をたたえ輝《かがや》きながら、次々《つぎつぎ》と新《あたら》しく生《う》まれ続《つづ》けます。

本《ほん》を持《も》つ、その手《て》の中《なか》に、ドキドキするみらい——。

本《ほん》の宇宙《うちゅう》から、自分《じぶん》だけの健《すこ》やかな空想力《くうそうりょく》を育《そだ》て、〝みらいの星《ほし》〟をたくさん見《み》つけてください。

そして、大切《たいせつ》なこと、大切《たいせつ》な人《ひと》をきちんと守《まも》る、強《つよ》くて、やさしい大人《おとな》になってくれることを心《こころ》から願《ねが》っています。

2011年《ねん》　春《はる》

集英社《しゅうえいしゃ》みらい文庫編集部《ぶんこへんしゅうぶ》